अनघ शर्मा

अनघ शर्मा का जन्म 27 नवम्बर, 1984 को उत्तर प्रदेश के फ़िरोज़ाबाद ज़िले में हुआ। प्रारम्भिक शिक्षा वहीं से हुई। उत्तर प्रदेश टेक्निकल यूनिवर्सिटी (नोएडा कैम्पस) से एमबीए किया। उनकी पहली कहानी 'नक़्श फ़रियादी' 2013 में 'समकालीन भारतीय साहित्य' पत्रिका में प्रकाशित हुई। पहला कहानी-संग्रह 'धूप की मुँडेर' 2019 में और दूसरा कहानी-संग्रह 'आवाज़ें काँपती रहीं' 2022 में प्रकाशित हुआ। 'नीली दीवार की परछाइयाँ' उनका पहला उपन्यास है। हिन्दी की लगभग सभी प्रतिष्ठित पत्रिकाओं में कहानियाँ प्रकाशित हुई हैं। फ़िलहाल नेशनल हॉस्पिटैलिटी इंस्टीट्यूट, मस्कट (ओमान) में होटल मैनेजमेंट पढ़ा रहे हैं।

ई-मेल : anaghsharma@hotmail.com

नीली दीवार की परछाइयाँ

अनघ शर्मा

राजकमल पेपरबैक्स

राजकमल पेपरबैक्स में
पहला संस्करण : 2023

राजकमल पेपरबैक्स : उत्कृष्ट साहित्य के जनसुलभ संस्करण

राजकमल प्रकाशन प्रा. लि.
1-बी, नेताजी सुभाष मार्ग, दरियागंज
नई दिल्ली-110 002
द्वारा प्रकाशित

शाखाएँ : अशोक राजपथ, साइंस कॉलेज के सामने, पटना-800 006
पहली मंज़िल, दरबारी बिल्डिंग, महात्मा गांधी मार्ग, प्रयागराज-211 001
1, अनमोल सोराबजी सन्तुक लेन, धोबी तलाव, मरीन लाइंस, मुम्बई-400 002
वेबसाइट : www.rajkamalprakashan.com
ई-मेल : info@rajkamalprakashan.com

विकास कंप्यूटर एंड प्रिंटर्स
ट्रॉनिका सिटी-201 102
द्वारा मुद्रित

मूल्य : ₹199

NEELI DEEWAR KI PARCHHAIYAN
Novel by Anagh Sharma

ISBN : 978-81-966726-0-7

उन सभी को
जिन्हें कैंसर उनके घर से उठा कहीं बहुत दूर ले गया...
और उनके बाद पीछे हमेशा के लिए एक चुप्पी रह गई...

नीली दीवार की परछाइयाँ

धुएँ को क्या मालूम...वादी क्या, दरिया क्या, मैदान क्या

मैं जहाँ हूँ वहाँ की हवा चुप है, शान्त है। उसकी लरज़ में एक ठहराव है। ऐसा ठहराव जैसा वादी छोड़ने के बाद पानी में धीरे-धीरे आने लगता है। यही पानी जब किसी तलहटी से निकलकर मैदान के किनारे जा लगता है तो एकदम ख़ामोश धुएँ में तब्दील हो जाता है जो बिना हलचल आगे बढ़ता है। यूँ तो किसी धुएँ को ये पता नहीं होता कि वादी क्या है, दरिया क्या है, मैदान क्या है...कोई भी धुआँ ये जानता ही नहीं कि वह किस वादी से निकला हुआ दरिया है...वह बस एक ही चीज़ जानता है...एक ही चीज़...और वह है दूर तक फैली हुई चुप्पी; जिसे हम और आप साफ़-साफ़ लहज़े में 'मौत' कहते हैं। मौत यूँ तो हर घर, हर आँख के लिए अलग होती है, फिर भी एक सन्नाटा, एक टुकड़ा ऊबड़-खाबड़ ज़मीन हर किसी के हाथ पर रख जाती है कि जब तक यहाँ तुम्हारा सन्तुलन बना रहे तब तक इस सन्नाटे को फाँको। अमू ने जाने कितने वक़्त तक इस सन्नाटे में ख़ुद को डगमगाते देखा, कितनी बार किसी को

आवाज़ देनी चाही पर पलट-पलट कर ये आवाज़ कभी किसी धुएँ में खो गई तो कभी किसी सन्नाटे की तह में पड़ी धूल में छम्म से जा गिरी।

साल चौदह में जब राहिला मरी तो वह अड़तीस की थी और अमू सत्रह का। राहिला का असल नाम तलजीत था पर हीरेन्द्र ने जब उसे दयालबाग के पार अँधेरे में 'सहन रौशन आरा' पर छोड़ा तो वहाँ उसका नाम राहिला हुआ। रौशन ने नाम के अलावा कुछ और कभी बदलना ज़रूरी ही नहीं समझा...तब से कुल जमा यही पहचान रही उसकी, नाम की राहिला और सुमिरन नानक की। वह अपने जन्म के तीसरे साल रौशन बी के हाथों में सौंप दी गई थी।

"तैनूं कुड़ी चायदीं या नी चायदीं...छेत्ती-छेत्ती दस मैनूं...चुप रह के माथा न फेर मेरा।"

रौशन जानती थी कि हीरेन्द्र के अन्दर कुछ चल रहा है पर वह ऐसा कुछ कहेगा इसका उसे अन्दाज़ा नहीं था।

"शर्म है या बेच खाई तुमने हीरू...अपनी औलाद को यहाँ का रास्ता दिखाता है कोई?"

"हुँड़ दस्सो कौन ऐसी सुथरी-सुथरी गल्ल कर रहा है? तू भूल गई रौशन बीबी तेरा ताऊ और चाचा चादरे में लपेट के फेंक गए थे तुझे छीपीटोले...कित्ते पैसे मिले थे उन्हें तेरे?" हीरेन्द्र ने हाथ में गिलास घुमाते हुए कहा।

"पर वो मेरे बाप नहीं थे।"

"तू वह छोड़...पहले मैंनू दस्स कित्ते पैसे मिले थे उन्हें तेरे?"

"सत्रह सौ।"

"और मैं तो इसे मुफ़्त में दे रहा हूँ तुझे, रख ले इसे तेरा आण वाल्ला वक़्त सुधर जाएगा। ओ बीबी! तेरी अदाएँ अच्छी थीं जो तू यहाँ

तक पहुँच गई, कल का सोच और अब तो तेरा काम भी मन्दा है, आगे क्या करेगी तू। मेरी गल्ल मान जा, बाक़ी ये तुझे कहाँ से कहाँ पहुँचा दे ये तो रब्ब जाने।"

"तू पाल ही जो ले उसे, अरे! तेरी जोरू का अपना हिस्सा है वह। आस-औलाद तो घर सींच के रखती है हीरू।"

"तू बकवास ना करीं...हम रंधावे हैं, रोटी-साग का घी-तेल भी खालिस रखते हैं फिर ये तो ख़ून की गल्ल है इसमें मेल-मिलावट कैसे चलेगी रौशन बीबी।"

"तुझे चढ़ गई है हीरू, अब तू घर जा एक बजने आया रात का।"

"एक्क ही तो बजा है...अभी चला जावंगा थोड़ी देर में।"

हीरेन्द्र के जाने के बाद रौशन देर तक छत पर लेटे-लेटे आकाश निहारती रही।

मेरा कौन आगा-पीछा है...लड़की आएगी तो कुछ रौनक बनेगी इस घर में। हीरेन्द्र तो यूँ भी जोरू के मरने के बाद से लड़की से छुटकारा पाने को बेचैन है...यहाँ न आई तो जाने कहाँ किसके हाथ निकाल दे, जाने क्या बने उसका? रौशन ने करवट ली और एक टूटे तारे को गिरते हुए देख सोचा कि जोरू भी कौन अपनी आई पर मरी थी उसे भी तो हीरेन्द्र ने मन भीतर गढ़ी कील से ऐसे ही गिरा दिया था जैसे अभी-अभी इस तारे को आसमान से बेदख़ल किया गया है, शुबहा का अजगर अपने रास्ते बीच आने वाली हर छाँव को निगल जाता है।

जिस बरस राहिला पैदा हुई वह आपातकाल के बीच का साल था, साल छियत्तर...यूँ तो हीरेन्द्र का घर-कुनबा बहुत ख़ुश हुआ कि उसकी बेटी सोने की कनी सी सुनहरी, ओस पड़े गेहूँ सी नाज़ुक, बारिश की बूँद सी उजली है; पर इतने के बाद भी कहीं उस घर में कोई ऐसी आँच

सुलग रही थी जिससे धीरे-धीरे इस ख़ुशी की नमी में भाप उठने लगी थी।

पचहत्तर का ये वो वक़्त था जब हर ओर ख़ौफ़, डर और सुगबुगाहट थी। घरों के दरवाज़े इस मुस्तैदी से बन्द थे कि उन्हें कोई परछाईं तो क्या साँस भी पार करके बाहर नहीं जा सकती थी, फिर भी अमले के अफ़सर भेड़-बकरियों की तरह पूरे मोहल्ले के जवान लड़कों के साथ हीरेन्द्र को भी खदेड़ते हुए अस्पताल ले गए थे, दूसरे दिन वह अस्पताल से घर नहीं सीधे रौशन के पास पहुँचा और दिनों तक वहीं रहने के बाद जब उसकी झिझक-हिचक खुली, हादसे की शर्म कुछ कम हो उतरी और इन सबसे भी ज़्यादा जब साल भर पहले बियाही जोरू की याद ने अन्दर हरा होना शुरू किया तब उसने घर की राह ली। लौट के आने के बाद वह पहले जैसा नहीं रहा था, उसके भीतर एक नई ज़मीन उभरने लगी थी जो मुलायम नहीं थी; कोई साया उसके अन्दर से झाँकने लगा था और ये साया उस दिन बाहर निकल अपने पूरे रंग में उसके ऊपर छा गया जिस दिन उसे खटका हुआ कि उसकी नसबन्दी के बाद जोरू को औलाद कैसे हो सकती थी, उस दिन के बाद वह बार-बार ताकीद करता रहा, बार-बार जवाब माँगता रहा। वह दिन में सबके सामने जितना चुप रहता रात में अकेले होते ही जवाब जानने को उतना ही बेचैन हो जाता। धीरे-धीरे आस-पास ये बात पसरने लगी कि रंधावों के घर की हवा गरम हो चली है। उसका 'सहन' में आना-जाना अब बढ़ने लगा था, इसी आने-जाने के बीच उसने रौशन से अपने मन की बात कही थी। घर तो यूँ भी हीरेन्द्र के लिए अब वीराना था जहाँ सबके होते हुए भी चुप्पी उतर आई थी। वह बार-बार अपनी बात का जवाब माँगता, जब जवाब न मिलता तो चुप्पी की उस दीवार पर दुगनी तेज़ी से चोट करता कि शायद ये दीवार गिर जाए और उस पर इस बच्ची का भेद

खुले। ऐसा कम ही होता था कि जवाब की जगह वहाँ चुप्पी पसरी हो। अक्सर तो राहिला की माँ सारी-सारी रात हीरेन्द्र को समझाती रहती, गिड़गिड़ाती रहती कि...

"साईं, हो जाता है ऐसा। मालिक करिश्मा करे तो ठूँठों से पत्तियाँ फूट पड़ती हैं, सूखी-चटकी ज़मीन में भी बारिश के आने से फूल उग जाते हैं। वह बादल के बाद धूप दिखा ही देता है, बरसते मेह के बीच भी वह रंगीन इन्द्रधनुष रख ही जाता है। नानक की मूरत जिस घर में हो वहाँ उसके उजाले में कभी कोई बादल ठहरता है साईं!"

फिर एक गहरा काला बादल नानक की मूरत को पार कर उन दोनों के ऊपर छा गया।

एक दिन अलस्सुबह राहिला की माँ आँगन पार, सीढ़ियों से बाहर सड़क पर चोट खाई ख़ूनमख़ूँ लिथड़ी पड़ी थी और तीन साल की वह किसी अँधेरे कमरे में नशे में धुत्त बाप की चीख़-पुकार से डर दीवार से चिपक के रो रही थी। शाहपुरा वाले जब सर-काँधे में डाले बेटी की लाश दरवाज़े से उठाने आए तो घर के अन्दर से रह-रह कर हीरेन्द्र के चीख़ने की आती आवाज़ों से डर के, बच्ची के बारे में कुछ पूछ ही नहीं सके।

इस घटना के बाद हीरेन्द्र जब उसे रौशन के पास छोड़ने आया तो रौशन ने उसे गोद में उठाते हुए कहा—

"आज के बाद आइन्दा 'सहन' में दाख़िल न होना हीरू।"

उसने रौशन को देखा और बिना एक शब्द कहे सीढ़ियों से उतर गया...आवारा धूल का एक बवंडर जो बड़ी देर से गली में मँडरा रहा था धीरे-धीरे बोझ से भारी हुई रौशन की बाँहों की तरह निढाल होकर नीचे बैठ गया। रौशन ने बच्ची को गोद से नीचे उतारा और फाटक बन्द कर लिया। उसके बाद रौशन को इधर-उधर से उड़ते-उड़ते इतना ही

पता चला कि हीरेन्द्र ने जोड़-जुगाड़ से एक फ़र्ज़ी मामले में ख़ुद की गिरफ़्तारी दी है ताकि उस पर क़त्ल का कोई हिसाब ही न बैठे, पुलिस ने छह महीने बाद उसे रिहा कर दिया था।

जब अमू पैदा हुआ और राहिला उसके साथ 'सहन रौशन आरा' लौटी तब तक उसके लिए कोई नाम ही नहीं सोचा गया था, वह उसे सिर्फ़ लाला कहकर पुकारती थी। वह कोई दो-ढाई महीने का था जब वे 'सहन' वापस आए, तब रौशन ने उसका नाम हीरेन्द्र की तर्ज़ पर अमरेन्द्र रखा था पर राहिला को अपने पिता के नाम से जो हिकारत थी, उसके कारण उसका नाम बदलकर अमन रखा गया और प्यार की पुकार का नाम अमू बना। अमू ने धीरे से उन दोनों के ख़ासकर राहिला के मन के सारे ख़ाली कोने-कुब्ज़ों में अमन की ऐसी बयार भर दी कि अब उसके मन का ताप धीरे-धीरे ठंडा पड़ता जा रहा था। मन का ताप तो बैठा जा रहा था पर उसकी देह भीतर एक भट्टी सुलगने लगी थी, जिससे उठते धुएँ के बादल ने छाकर उन्हें अपने अन्दर ढकना शुरू कर दिया था, ठीक वैसे ही जैसे बरसों पहले आकर एक बादल राहिला और उसकी माँ के ऊपर छा गया था। राहिला उस बादल के फंदे से भी बाहर नहीं निकल सकी थी और उसे पता था कि उसके लिए इस बार के बादल की गिरफ़्त से छूट पाने का तो सवाल ही नहीं है; पर उसकी एक ही कोशिश थी, एक ही चाह थी कि वह इस अँधेरे की गहरी खोह से अमू को बाहर रौशनी में खड़ा कर सके जिसके लिए वह लगातार उसे बाहर धकेल रही थी।

राहिला का मन छलाँग लगा उन दिनों बार-बार जाने किस पिछले वक़्त में पहुँच जाता था, मानो वह उसके सीने में होकर भी कहीं दूर किसी गीली सड़क के किनारे खड़ा जाने किसे तलाशने की कोशिश कर रहा हो, वह अपनी इस तलाश में अमू को भी शामिल कर लेती थी।

"मुझे बार-बार एक सपना आता है अमू।"

"कैसा सपना मम्मी?"

"एक दूर का देश है जहाँ कहीं सूखी घास के ऊपर पानी बरस रहा है, सिवाय उसके और कुछ भी नहीं भीग रहा है वहाँ।"

"किसके?"

"वही जिसकी दो नीली आँखें बारिश के साथ-साथ मुझे भी देख रही हैं, जिसकी देह किसी देश के पुराने वक़्त की सैनिक वर्दी से लैस है, जिसके एक कोने पर उसका नाम लिखा है जो हर बार मुझसे पढ़ना छूट जाता है। मैं लाख कोशिश के बाद भी उसका चेहरा नहीं देख पाती हूँ। मैं उसे देखना चाहती हूँ अमू कि वह दिखता कैसा है? उसका रंग कैसा है? उसकी हँसी कैसी है? वह हँसता ज़्यादा है या ख़ामोश रहता है? चेहरा देखने से पहले ही उसकी आँखें मेरी नज़र को अपनी ओर खींच लेती हैं। उसकी बाईं आँख की निचली पलक पर बारिश की बूँद रुकी है या आँसू टिका हुआ है, ये देखने से पहले ही हर बार मेरी नज़र उसके पैरों के पास फैली हुई लाल सियाही पर ठहर जाती है।"

"उसके बाद?"

"उसके बाद शोख़ धूप के मौसमों में जैसे कुछ लोग बोलती हुई आवाज़ों के बीच से उठकर, चुपचाप लौट के जाती हुई ख़ामोशी को जाकर थाम लेते हैं, ऐसे ही वह ओझल हो जाता है। बीच धार जब पानी करवट बदल के, पलट के वापस लौट जाता है, तब गले में चुप की

चटकी हुई ख़ुश्की किसी एक ऐसी खिड़की को खोजती है जिसमें से आती हुई नमी को वह अपनी बे-आवाज़ दरार में ले जाकर सुला सके... मुझे ऐसी बरसात में भी वह नमी कहीं नहीं दीखती अमू...कहीं भी नहीं। मुझे बस दीखता है हर ओर फैला हुआ गहरा-गाढ़ा लाल रंग फिर उस गहरे गाढ़े लाल रंग से डरकर मेरी आँखें खुल जाती हैं।"

"सपने-वपने के बारे इतना सोचना अच्छी बात नहीं, स्ट्रेस बढ़ता है।" अमू ने करवट ले माँ का हाथ थाम लिया।

थोड़ी देर रुककर राहिला ने कहा—

"अब मुझे लगता है कि यही गाढ़ा लाल रंग मेरे अन्दर से बाहर आने को बेचैन है।"

अमू उठा और बिना कुछ कहे कमरे के बाहर निकल गया, पीछे राहिला की आवाज़ उसकी पीठ से टकरा कर ज़मीन पर किर्ची-किर्ची बिखर गई—

"तुमको आज दिल्ली निकलना था न डॉक्टर से मिलने के लिए? यहाँ वाले डॉक्टर को कल जो रिपोर्ट्स दिखानी थीं, दिखा लाये क्या? क्या कहा उसने, तुमने बताया ही नहीं।"

धीमे-धीमे रेत पर चलते हुए अमू नदी के नज़दीक आ गया था। नौकरी की इस नई जगह पर ये उसकी पहली दोस्ती थी। बहते पानी को देर तक यूँ ही देखना उसका नया शौक़ था, नया लगाव था। उसे कम्पनी ने अभी हाल ही में नया घर दिया था, उसके घर से ऑफ़िस और नदी कोई ज़्यादा दूरी पर नहीं थे। वह अक्सर ही ऑफ़िस से घर जाने से पहले नदी

किनारे आ जाता और फिर देर तक वहीं बैठा रहता, कभी अपने गुज़रे हुए कल को याद करता तो कभी आने वाले कल का हिसाब लगाता रहता।

छुट्टी का दिन था और वह यूँ ही टहलते हुए नदी तक चला आया था, कल रात-भर बारिश हुई थी, आसमान साफ़ था पर बादल कभी-कभी आकर कुछ देर को यूँ छा जाते थे मानो उनका बरसना अभी बाक़ी रह गया हो। उसके आस-पास की हवा बारिश के बाद उसकी ही तरह ऊपर से शान्त और ठहरी हुई लग रही थी पर अन्दर से उतनी ही बेचैन थी जितना की वह। नदी फैलकर किनारों तक बह रही थी साथ ही साथ अचरज में उसकी आँखें भी फैली हुई थीं...बारिश के बाद की धूप में बार-बार उसकी आँखें झपकी जा रही थीं जिस पर उसने ग़ौर नहीं किया, पानी का ऐसा चमकना, ऐसा फैलाव उसके लिए एक अचरज था। सालों आगरा-लखनऊ रहकर भी नदी को उसने कभी इतने पास से नहीं देखा था, छुआ नहीं था। लहरें उसे ऐसी लग रही थीं जैसे कोई बिजली दौड़ती हुई सीढ़ियाँ उतरकर उसकी तरफ़ बढ़ी चली आ रही हो। उसने कुछ आगे बढ़कर पानी में उतरना चाहा फिर उसे याद आया कि एक राह चलता आदमी सालों पहले राहिला से कह गया था कि 'लड़के को सँभाले रखना', एक रोज़ पानी उसे अपने अन्दर खींच लेगा। उसने पानी की तरफ़ बढ़े हुए पाँव पीछे खींचे, रेत पर रखे हुए अपने जूते, बैग उठाए और वापस घर की तरफ़ मुड़ गया। घर पर पहुँच जब वह नहाकर बाहर निकला तो उसकी नज़र सामने टँगे एक फ्रेम पर जा टिकी जिसमें मैटी के कपड़े पर धागों से बुनी हुई एक तलवार टँगी हुई थी। हालाँकि वह उस फ्रेम को रोज़ ही देखता था पर ग़ौर उसने आज ही किया था। बनाने वाले को जाने क्या सूझा था कि उसने तलवार बनाने के लिए गहरा लाल रंग इस्तेमाल किया था, तलवार की किनारी बनाने को उसने फ़ीरोज़ी रंग

चुना था। गहरे लाल में हल्के फ़ीरोज़ी की आभा, धार की तरह चमक रही थी। उसने देर तक ठहरकर तलवार को देखा जिसमें से अब ख़ून बहता नज़र आ रहा था और हर ओर फैल गया था। उसके कमरे की खिड़की से नदी का एक टुकड़ा दिखता था। उसने आगे बढ़कर खिड़की खोली। बहती हुई नदी को देखा जिसका रंग अब बिजली की सफ़ेदी से बदलकर, गाढ़े जमे हुए ख़ून की तरह कुछ काला, कुछ मटमैला लग रहा था। जिसके कच्चे पानी की गंध ख़ून की गंध में बदली जा रही थी, बादल अभी भी आकाश में ठहरे हुए थे, दुपहर की धूप मद्धम पड़ने लगी थी। अमू ने खिड़की बन्द की और धीमे से अपने ठहरे हुए, थके हुए पाँवों को घसीटकर बिस्तर की तरफ़ मोड़ दिया। बिस्तर के सामने लकड़ी के सलीब पर लटके हुए एक बहुत पुराने, सदियों से झुके कन्धे वाले चेहरे को देख उसने सोचा कि "सलीब से लटके हुए वक़्त के कन्धे भले ही झुके हुए हों पर उसकी रीढ़ तो सीधी-तनी हुई होती है न?" उसने हाथ घुमाकर अपनी रीढ़ की हड्डी को यूँ छूना चाहा मानो उसे छूकर वह देखना चाह रहा हो कि जीवन की लम्बी यात्रा में चलने वाली सड़क उसके अन्दर है या किसी धुंध में ओझल हुई। एक सहारे की छड़ अभी भी उसके हाथों में है या कहीं भरभराकर गिर के गुम हुई है। एक सलीब लम्बे वक़्त से उसके कन्धों पर टिकी हुई है...उसके कन्धे इस बोझ से दुखते हैं...ये उसे पता है।

उसने तकिये पर सर टिका आँखें मूँदकर किसी ऐसी जगह जाने की सोची जहाँ आकाश गहरा नीला, हवा नर्म और ज़मीन हरी हो। ऐसी बस दो ही जगह थीं उसके जीवन में, पहली 'सहन रौशन आरा' जहाँ अब वह रहता नहीं और दूसरी जगह उसकी कल्पना के कोने में कहीं सालों से अटकी पड़ी थी।

राहिला उससे हर रोज़ कहती थी—

"मुझे बार-बार एक सपना आता है अमू।"

वह बार-बार उससे पूछता था...

"कैसा सपना मम्मी?"

राहिला से सैकड़ों बार उस सपने को सुन उसने अपने भीतर एक ऐसा दृश्य बना लिया था, जिसको वह अँधेरे में भी ठीक जगह रखकर छू सकता था, सहला सकता था।

वह देर तक ऐसे ही आँखें बन्द करके सोने का नाटक करता रहा मानो ख़ुद को इस अँधेरे से दिलासा दे रहा हो कि आँख खुलने पर उसके लिए दृश्य बदला हुआ होगा।

मोबाइल की बजती घंटी से उसने ऐसे चौंककर उठने का अभिनय किया मानो सच ही में सो रहा हो।

"कहाँ हो? क्या कर रहे हो, क्या हालचाल हैं?" दूसरी तरफ़ से किसी ने पूछा।

"हेलो अपूर्वा, बस बाहर तक टहलने गया था। थोड़ी देर पहले ही घर लौटा हूँ। अभी इसी वीक गेस्ट हाउस से इस घर में शिफ़्ट हुआ हूँ तो सब ऐसे ही फैला हुआ है यहाँ। टहलकर आ के लेटा तो झपकी-सी आ गई।" उसने जवाब दिया।

"अब उठ गए हो तो गाड़ी लो और इधर निकल आओ, इस पूरे वीक तो तुमसे मिलना हुआ ही नहीं। देखो, क्या मस्त मौसम हो रखा है...बारिश है, गर्म खाना है और ठंडी बीयर है।"

"क्या इस वक़्त?"

"हाँ, दुपहर है तो क्या हुआ? मौसम देखो। ऐसे मौसम में बीयर कौन छोड़ता है भई? अब ये बहाना मत बनाना कि तुम्हें ऑफ़िस का पेंडिंग

काम निबटाना है। कल भी छुट्टी है तो तुम्हें टाइम मिल ही जाएगा काम करने को, और साथ ही देना है हमें प्रोजेक्ट तो पता है मुझे कि तुम्हारे हिस्से का कितना काम पेंडिंग होगा।" दूसरी तरफ़ से अपूर्वा ने कहा।

"ठीक है, तो पहुँचता हूँ घंटे भर में।" अमू ने जवाब दिया।

नदी के बाद इस शहर में अपूर्वा उसकी दूसरी दोस्त थी। अमू के पास बचपन से लेकर अब तक यूँ भी बहुत कम दोस्त थे।

जीवन जली हुई छायाओं की धूप है

रात बहुत ठंडी थी, पारा हर घंटे गिर रहा था। कुहरा घना हो छज्जों से टकरा, बूँदों में बदल नीचे फैले पेड़ों पर पाले की तरह गिर रहा था। बन्द खिड़की में भी हवा जाने कहाँ से आकर उसे लग रही थी। माथे पर पड़ा शॉल जब हवा रोकने में नाकामयाब रहा तो आलस छोड़ वह पर्दा खींचने के लिए उठी और खिड़की के काँच से बाहर देखा। उसने देखा हर ओर कुहरा ऐसे फैला हुआ है जैसे यहाँ बर्फ़ गिर रही हो और बड़ी देर से गिर रही हो...बारीक, महीन, चूरे-सी पिसी हुई झक्क सफ़ेद। उसने खिड़की खोली और अपना सर बाहर निकाल गर्दन को एक ओर ज़रा सा मोड़ दिया। उसे डर था कि कहीं उसकी मुड़ी हुई गर्दन की वज़ह से उसके कन्धों पर तहों में बैठता हुआ ये कुहरा या बर्फ़ पिघलकर पानी की धार में न बदल जाए। उसे पीठ पर पानी की एक गीली लकीर महसूस हुई। पानी के बारे में सोचते-सोचते उसका मन बर्फ़ के इस सफ़ेद मैदान को पार करके एक मरगिल्ली-सी सूखी नहर के किनारे जाकर ठहर गया। इसे नहर के बजाय बम्बा कहना ज़्यादा बेहतर था पर जाने क्यों इलाक़े

के लोग इसे नहर ही बुलाते थे। इस नहर में हर आठ दिन पर एक बार पानी खोला जाता था जिससे उसमें पानी और रफ़्तार दोनों ही नाम भर को बने रहते। इसके पानी में कभी-कभार धुले हुए कपड़ों का साबुन तैरता दिख जाया करता था, कभी पानी पीते हुए जानवरों की घुलती हुई लार दिखती, कभी बहता कूड़ा तो कभी मरे-कटे जानवरों के ख़ून की लकीर। उसका जी उचट गया तो उसने अपना सिर अन्दर कर खिड़की को बन्द कर दिया। बन्द खिड़की के बाहर उसको लगा जैसे बर्फ़ के ऊपर बने उसके पैरों के निशानों में अब पानी भरा हुआ है। बाहर की रौशनी कुहरे में मिल के ऐसे खो गई थी जैसे पानी में मिलकर रंग खो जाता है, हम ढूँढ़ने के बाद भी नहीं जान पाते कि पानी रंगीन हुआ या रंग गीला हुआ। रौशन के मन में ऐसे ही यादों का पाला गिर रहा था। याद की सबसे बुरी बात यही होती है कि वह पैरों में बन्धन डाल पीछे खींच आपको आगे बढ़ने से रोकती रहती है।

रौशन की बन्द आँखों में बर्फ़ के बाद कभी बसन्त आ जाता तो कभी आँधियों की किरकिराहट आ जाती; उसकी यादें बेतरतीब फैले हुए जंगल की तरह थीं उनमें से कभी राहिला का चेहरा झाँकता, कभी अमू का, कभी अपना तो कभी न जाने और कितने-कितने ही चेहरे। वे चेहरे जो अब उसके नहीं रहे थे, जो उसे छोड़कर जाने कब कहाँ ग़ायब हुए, अब पलट-पलट के रोज़ रातों को उसके पास चले आते हैं। इन चेहरों में दो चेहरे उसे सामने दीखते हैं...उम्र के चौहत्तरवें बरस में आकर ये दो चेहरे उसकी आँखों के सामने ऐसे खड़े हो रहे हैं, जैसे कोई पानी में से निकलकर सामने आ खड़ा हो और आपकी आँखें पानी की बूँद-बूँद उतरने के बाद उसे पहचानने के इन्तज़ार में हों...ये दो चेहरे जो आँख के किसी पानी में डूब गए थे आज कोई बासठ बरस बाद ऊपर तैर उठे

थे; ये चेहरे थे उसके चाचा तौफ़ीक़ और ताऊ रशाद के और ये अपने साथ कितने और चेहरों को उसके पास ले आए थे जिन्हें अब तक रौशन भूली हुई थी या भूलने का दिखावा करती रही थी। आज़ादी के बाद जब वे लोग इस पार आकर लगे तब उसकी उम्र कोई साढ़े चार, पाँच बरस के आस-पास थी। जिस जत्थे के साथ वे सरहद से इधर आए थे, उस जत्थे में उस सहित उसके घर के कुल दस लोग थे। ताऊ रशाद, अब्बा फ़हीम, चाचा तौफ़ीक़, माँ नजात, और माँ की दो छोटी बहनें गुलाब और जूही जो इत्तिफ़ाक़न बाद में रौशन की ताई और चाची बनीं। रौशन की ताई यानी रशाद की पहली पत्नी बिलकिस उसकी माँ नजात की बड़ी बहन थी, बिलकिस और रशाद की शादी की तीसरे बरस नजात की शादी फ़हीम से हुई तब तक रशाद और बिलकिस के दो बेटे हो चुके थे। रौशन के पैदा होने के कुछ ही महीनों बाद ख़ूनी उल्टियाँ करते-करते बिलकिस ख़त्म हुई। बिलकिस के मरने के बाद यह तय किया गया कि बिलकिस और नजात की तीसरे नम्बर की बहन गुलाब की रशाद से और सबसे छोटी बहन जूही की शादी तौफ़ीक़ से कर दी जाए। रौशन के तीन बरस के होते-होते रशाद को गुलाब से एक बेटा और तौफ़ीक़ को जूही से एक बेटा और एक बेटी हुए। जब जत्था मुरादाबाद आ के लगा तो इस कुनबे ने उनके साथ आगे पंजाब की तरफ़ न निकलकर यहीं रुकने का तय किया। मुरादाबाद रुकने के कई कारणों में से एक कारण यह भी था कि नजात की पुश्तों की भी पिछली ख़ानाबदोश पुश्तों का, कभी रुहेलों की इस ज़मीन से राब्ता था और जो कोई लगभग पौने दो सौ साल पहले, इस रियासत के अवधों के हाथ में आने के बाद यहाँ से कूच करने वाले कुछ परिवारों में से एक थे। नजात की जानकारी में अपनी इन ख़ानाबदोश पुश्तों का बस इतना ही पता था कि वे अफ़ग़ानी

थे, जो मराठों के किसी हमले से बचने के लिए रुहेलखंड के ऊपरी हिस्से से उतरकर तराई में आ बसे थे (रुहेलखंड और अवध की जुड़ी हुई तराई वाला हिस्सा)। कठेरिया राजपूतों की ज़मीन चौपला को शाहजहाँ के गवर्नर रुस्तम ख़ान दखनी ने जीतने के बाद पहले रुस्तमनगर और फिर शाहजहाँ के बेटे मुरादबख़्श के नाम पर मुरादाबाद का नाम दिया, जो बाद में रुहेला सल्तनत का हिस्सा बना और इसी रियासत में आकर बसे अफ़ग़ानों के तार नजात से होते हुए रौशन के दिल तक जुड़े थे। सो मुरादों को बख़्शने वाले, उन्हें पूरी करने वाले ऐसे शहर मुरादाबाद के पुलिस ट्रेनिंग अकादमी के अहाते के पास इस कुनबे ने अपना डेरा-डंडा जमाया। उस समय छह जवान और चार बच्चों का पानी में पानी सा, मिट्टी में मिट्टी सा मिला हुआ ये परिवार एक छत के नीचे उस वक़्त की सबसे ख़ूबसूरत तस्वीर थी। पर जैसे तस्वीर से रंग उड़ जाता है, पानी में मिला हुआ पानी अलग-अलग लहरों में टूट जाता है, मिट्टी से मिट्टी परत-दर-परत अलग हो जाती है वैसे ही इस घर को टूटना था...कुनबे को बिखरना था और रौशन को वहाँ से बहुत आगे निकल ऐसी जगह पहुँचना था, जहाँ दुनिया भर के कारनामे उसके इन्तज़ार में हों। उसने अपना हाथ गर्दन पर फेरा जैसे ख़ुद अपनी शिनाख़्त के लिए निशान तलाश रही हो। उसकी गर्दन का मस्सा आज भी वहीं था, ठीक वहीं जहाँ उसके जन्म पर पहली-पहली बार दिखा था नजात को। उसे याद की धुँधली छाया में नजात का नक़्शा सा दिखा, ऐसा ही मस्सा नजात की कनपटी और गर्दन के पास कन्धे पर था। ऐसा ही एक मस्सा अमू की गर्दन के पास भी है, तो क्या ख़ून से ख़ून का राब्ता न होते हुए, मन से मन की राह पर चलकर बस प्यार के साथ ये निशानियाँ एक से दूसरे तक ऐसे ही जा पहुँचती हैं! अमू के बचपन में सालों तक सब कहते थे

कि वह बिलकुल रौशन जैसा लगता है, राहिला के जैसा तो बस माथा है उसका। उसके बाद रौशन ने अपने कान की लवें छूकर देखीं, वह देर तक कान के छेद को ढूँढ़ती रही। कितने ही सालों से उसने बुंदे पहनना छोड़ दिये थे, कोई बीस-बाईस बरस पहले, इतने सालों में तो कान भर के बन्द हो ही जाते हैं उसने सोचा।

रौशन ने करवट बदल कम्बल ऊपर तक खींच कानों को शॉल से ढक लिया। उसके कानों में जाड़े की नश्तर सी पैनी हवा जैसी नजात की आवाज़ गिर रही थी। उसने हथेली से कानों को इस उम्मीद से रगड़ा कि शायद सालों बाद याद आती ये आवाज़ एक भ्रम हो और हाथ की गर्मी से पिघलकर बह जाए। ये रौशन के लिए कितने ताज्जुब की बात थी कि इतने बरसों बाद उसके कान दुनिया के शोर में गुम हुई माँ की आवाज़ को अचानक ऐसे ही बैठे-ठाले सुन रहे थे।

"मियाँ, दस दफ़ा कही तुमसे लड़की के कान छिदवाओ, सातवाँ साल लग गया, लवें पक्की हो जाएँगी तो कान पकने लगेगा बाद पीछे।"

"हाँ, रुको ज़रा...इस साल के बाद पक्का...कान छिदाना अब इतना आसान है कहीं। कान छिदते ही तू पीछे पड़ जाएगी कि मियाँ झूमर लाओ, बुंदे लाओ लड़की नंगे कान है, तो तू ज़रा थम इस साल।" फ़हीम ने कहा।

"देखो, गुलाब और जूही तो अपने लड़कों के एक-एक कान में कब का तार डलवा भी लाईं। जूही तो कल ही लड़की के कान छिदाई के अक़ीदे के पुए देकर गई मुझे और मियाँ तुम पिछले चार बरस से टाल रहे हो और आगे भी अगर तीन-चार साल टाल गए तो लड़की बड़ी हो जाएगी। मुझे भी पीर-सैयद का अक़ीदा करना है तब कैसे कर

पाऊँगी। रही बात झूमर-बुंदे की तो बेफ़िकर रहो, न कहूँगी तुमसे कभी भी बस...मैं लौंडिया के कान में मोरपंख की डंडी डाल दूँगी कान भी न पकेगा और सूराख़ भी बन्द न होगा। जब पैसा होगा हम पे तो चाँदी की दो तार की बाली बनवा लेंगे। कभी-कभी सोचती हूँ कि बिलकिस ने इसके पैदा होने पर जो बाली दी थीं वह इस ज़मीन में न लगतीं तो कब के इसके कान में डलवा देती और अक़ीदे के पुए बाँट फ़ारिग होती मैं।"

"तुझे अभी भी वह बालियाँ सूझ रही हैं...कैसा हंगामा मचाए हुए है रशाद उन बालियों पर...सबसे कहता फिर रहा है कि फ़हीम की बीबी ने मरती हुई बिलकिस के कानों से उतारकर बालियाँ अपने खीसे में छुपा ली थीं और अब कहती है कि बिलकिस ने लड़की के होने पर तोहफ़े में दी थीं। हम तो सरहद पार पीछे इतना बड़ा खेत छोड़ के आए अपना और यहाँ ये मियाँ-बीबी साझे की ज़मीन पर ज़्यादा हक़ जताते हैं... बात-बात पर सबसे कहती फिरती है नजात कि अपनी सोने की बालियाँ बेचीं तब ज़मीन के लायक़ पैसा बना, हमने पैसा भी ज़्यादा लगाया तो ज़मीन में हिस्सा भी हमारा ज़्यादा।"

"अल्लाह! रब की मार लगे इसे। कितना झूठ बोलता है तुम्हारा भाई, कौन सा खेत छोड़कर आया है पार पीछे। और मुझे क्या मालूम था कि बिलकिस ने बताया न होगा तुम्हारे भाई को कि रौशन को तोहफ़े में दीं बालियाँ। किससे करके आए हैं ये सब ओछी बात।"

"मस्जिद वाले माली से।"

"अरे मियाँ! ये सब हमारी गुलाब बीबी का किया-धरा है, ठाड़े से ख़ुद सबकी जेठानी बनना चाह रही। ऐसे रौब में तो मालिक बख़्शे कभी बिलकिस भी न रहीं।"

"हाँ, बहन भी तो तुम्हारी है।"

"अजी हाँ...जैसे तुम्हारा भाई तो बहुत सीधा है...पेट में भी दाँत है... बातें ऐसे चबा-चबा के करता है जैसे दुनिया का सबसे मासूम मेमना हो। अच्छा ये छोड़ो...देखो मैं फैक्ट्री से फूल के दो गोले लाई हूँ, आज ढलाई करते वक़्त मशीन से एकदम टप्प से गिर पड़े। एक बराबर हैं तुम बस किसी सुनार से इनमें टाँके से तार जुड़वा लाओ, बहुत हुआ तो दो-ढाई रुपया लगेगा।"

"हाँ, मेरा बाप तो टकसाल छोड़ गया है मेरे लिए!" वह बोला।

"देखो, कैसी उघड़ी पड़ी है। ऐसे ही ठंड बैठ जाती है।" नजात ने करवट ले सात बरस की रौशन को कथरी ओढ़ाते हुए कहा।

रौशन ने नाइट बल्ब की रौशनी में घड़ी देखी...बस साढ़े नौ ही बजे थे, अभी तो पूरी रात बाक़ी थी गुज़रने को। जाड़े की रात कितनी भारी हो जाती है, कैसे ज़रा-ज़रा सी सरक के बीतती है। वह उठी, पर्दे की ओट से दुबारा खिड़की के बाहर झाँका...सड़क एकदम छम्म ख़ामोश थी, कोई इक्का-दुक्का वाहन अगर गुज़रता भी तो कुहरा उसकी आवाज़ को अपने अन्दर ज़ब्त कर लेता और सड़क फिर वैसी ही चुप, यही सड़क गर्मियों में सारी-सारी रात रौनक से जगमग जागती रहती है। वह मुड़ी, बत्ती जलाई और फिर घूमकर अपने पलंग की दूसरी ओर आकर, पलंग के नीचे से एक छोटी अटैची निकाल बिस्तर पर रख दी। वह देर तक अटैची पर हाथ बजाती रही, जैसे किसी बच्चे को थपथपा के सुला रही हो। उसने पलंग की पाटी की किसी ओझल दरार में से ढूँढ़कर एक चाबी निकाली और अटैची को खोल दिया, कमरे में नेफ़्थलीन की गोलियों की

तेज गंध भर गई। अटैची में सबसे ऊपर अमू के स्कूल का हरा ब्लेज़र रखा था। रौशन के चेहरे पर हँसी आकर ठहर गई। जब अमू चौथी में था तो ज़िद पकड़कर बैठ गया कि उसी स्कूल में पढ़ने जाएगा जहाँ बच्चे कोट पहनकर जाते हैं, उसे अपने स्कूल का सलेटी स्वेटर अच्छा नहीं लगता, कितने महीने लगे थे राहिला को उसे मनाने में कि जब वह अगली क्लास में आएगा तो उसका उस स्कूल में एडमिशन करा देंगे जिसमें बच्चे ब्लेज़र पहनकर जाते हैं, और उसने अमू से किया अपना वादा निभाया भी। इस ब्लेज़र के नीचे राहिला के बचपन की एक फ्रॉक रखी थी, जिसकी किनारी पर उसने क्रोशिया से महीन फूलों वाली लेस बनाकर टाँकी थी। एक फ़ोटो फ्रेम था जिसमें उन तीनों की तस्वीर थी और इसी फ्रेम के नीचे अमू के नाम राहिला की लिखी एक कॉपी थी, जिसे रौशन ने पिछले चार साल से न कभी खोल के देखा और न ही इसके बारे में कभी अमू को कुछ बताया। इस सब सामान के नीचे एक छोटा टिफ़िन था। वह बहुत वक़्त तक उस टिफ़िन को हाथ में लिये बैठी रही फिर धीरे से उसे खोला, उसमें फूल के बने दो बुंदे पड़े हुए थे, जिनमें टाँके से ताँबे के तार को जोड़ा गया था और तार का आख़िरी सिरा ज़रा नीचे की तरफ़ मुड़ा हुआ था जैसे किसी ने कान में पहनकर मोड़ा हो कि बुंदा टिका रहे। रौशन की आँखों में पानी आकर ठहर गया। यूँ ही बहुत देर कम्बल के बाहर बैठे रहने की वजह से उसे अब ठंड लगने लगी थी। उसने अटैची को बन्दकर एक ओर खिसका दिया और खींचकर कम्बल पैरों पर डाल लिया। उसने दुबारा अपने कान छू के देखे, धीरे से बुंदों के मुड़े हुए तार को सीधा कर पहनने की कोशिश की। उसके एक कान में तो बुंदा आ गया पर दूसरे में बिलकुल गुंजाइश नहीं थी और इसी कोशिश में कमज़ोर टाँके से टूटकर तार अलग हो गया। वह

अपनी आँखें बन्दकर उँगलियों से उस गोल टूटे हुए पर एक तरफ़ को बेमामूली से दबे बुंदे को महसूस करने लगी। वह जैसे-जैसे उसे महसूस करती जा रही थी, वैसे-वैसे उसकी बन्द आँखों के सामने वे दो चेहरे वापस उभरने लगे थे जो कुछ देर पहले झलक दिखाकर कहीं ग़ायब हो गए थे। उसे लगा कि उसकी उँगलियाँ किसी जादू के चिराग़ से रगड़ खा गई हैं और इस छुअन से इस चिराग़ में सोये हुए ये दोनों चेहरे जागकर बाहर आ रहे हैं और जैसे ही धुआँ छँटेगा वह उन्हें देख लेगी।

वह उन्हें देख रही थी, यहाँ इस कमरे में नहीं बल्कि आधी सदी से भी ज़्यादा पीछे पहुँचकर। ये एक मंज़र उसके लिए बिलकुल साफ़ था, शफ़्फ़ाफ़ था—जैसे साफ़ आईने के ऊपर पड़ी बूँद के अन्दर बूँद चमक जाती है और देखने वाला उस बूँद भीतर हज़ारों बूँदों को देख लेता है, ठीक वैसे ही। पिछली रात जब से तौफ़ीक़ का बेटा उसे बताकर गया था कि 'बाजी, हम तो सुबह रामपुर जा रहे मेला घूमने, बस में जाएँगे' तब से पूरी रात उसने रो-रो कर काटी थी। नजात फ़ैक्ट्री की छुट्टी वाले दिन उसे मेला घुमा लाएगी—फ़हीम के इस झूठे दिलासे ने उसे बहला तो दिया पर ख़ुश नहीं किया।

"तुम क्यूँ नहीं चलोगे?" उसने पूछा।

"अरे! मुझे फ़ुर्सत कहाँ...बुवाई को खेत खड़ा है।"

"तौफ़ीक़ चाचा कैसे जा रहा फिर कल?"

"अरे! वो बड़े खेत में काम करता है, वहाँ ज़्यादा लोग हैं तो मिल गई होगी छुट्टी।" फ़हीम ने जवाब दिया।

ठंडी हवा से बचने के लिए मोटे सूत की चादर ओढ़े वह अनमनी सी चली जा रही थी। नजात को रोटी देने जाने के लिए ये रौशन का रोज़ का रास्ता था। बम्बा पार वाली मस्ज़िद से मुड़ के, पुलिस अकादमी से

गुज़रते हुए सरकंडों के झुंड से निकलकर, सड़क पार करते ही सामने फ़ैक्ट्री। सरकंडों को चीर के आती हवा उसके मुँह पर लग रही थी। उसने चादर को कस के लपेटा और हाथ अन्दर कर लिये जिससे कि काग़ज़ में लिपटी रोटी हवा लगने से ठंडी न पड़ जाए। सामने से तौफ़ीक़ चला आ रहा था।

"सही कह रही थीं तेरी अम्मी, तू यहीं से आ रही होगी।" तौफ़ीक़ ने कहा।

"तुम यहाँ क्या कर रहे चाचा?" उसने पूछा।

"तुझे ही ले जाने आया मेले के लिए। जल्दी चल, अड्डे पे सब इन्तज़ार कर रहे हैं। बस छूट जाएगी तो दूसरी कब की मारी कब मिले।"

"अच्छा तुम रुको, यहीं में भाग के अम्मी को रोटी दे आऊँ।"

"न...तेरी अम्मी ने कहा है कि रोटी तू अपने साथ ले जा रास्ते के लिए। मैंने तो कहा भी कि रोटी तो बहुत हैं साथ हमारे, तेरी अम्मी बोलीं, "न बच्चों को सफ़र में भूख ज़्यादा लगे सो साथ में दो रोटी ज़्यादा हों तो सही रहता है।"

जब वे अड्डे पर पहुँचे तो वहाँ रशाद ताऊ के अलावा और कोई नहीं था।

"तू इतनी देर से आया तौफ़ीक़, बस तो गई। मैंने बच्चों को जूही और तेरी भाभी के साथ पहली बस में भेज दिया है, हम दूसरी बस आने पर चलेंगे।" रशाद ने उन्हें देखते ही कहा।

"कित्ती दूर है रामपुर ताऊ?" रौशन ने बस में बैठते ही रशाद से पूछा।

"अभी बहुत दूर है। तू रोटी खाकर सो जा, जब पहुँचेंगे तो जगा दूँगा तुझे।" रशाद ने कहा।

वे पहुँचे भी, वह जागी...पर रामपुर में नहीं आगरा में...यहाँ उसे

एक उम्र भर चलने वाले मेले में दाख़िल होना था।

रौशन की नींद उचट चुकी थी। यूँ भी राहिला के जाने के बाद उसकी नींद बहुत कम हो गई थी। उसने मोबाइल उठाया, स्क्रीन पर समय चमका साढ़े दस...बस इतना कम वक़्त गुज़रा अभी तक! जबकि वह यहीं बैठे-बैठे कोई बासठ बरस पीछे हो आई...इस आने-जाने के बीच बस एक घंटा ही गुज़रा। उसने एक मिनट कुछ सोचा और फिर अमू को फ़ोन मिला दिया।

"हेल्लो...ना-अम्मी, इतनी रात को फ़ोन तुम्हारी तबीयत तो ठीक है न?"

"हाँ, ठीक है एकदम...तुम्हारी याद आ रही थी और शाम से मन भी नहीं मान रहा था तो सोचते-सोचते आख़िर मिला ही दिया। तुमने तो हफ़्ते भर से फ़ोन ही नहीं किया कोई।"

"अरे! ये हफ़्ता बहुत बिज़ी रहा, एक पेपर है मेरा तो उसी की तैयारी में कोई होश ही नहीं रहा।"

"चलो, ये तो अच्छी बात है कि पढ़ाई सही चल रही तुम्हारी।"

"हाँ, चल तो सही रही है अभी तक पर...।"

"पर क्या?"

"बस, दिल नहीं लगता मेरा कहीं।"

"अरे! ये कोई बात हुई, दिल को हिल्ले से लगाना पड़ता है भई। यूँ भी दिल गीली मिट्टी का एक बहुत बड़ा लोंदा है अमू, इस पर लगातार चलते रहोगे तो पगडंडियाँ उभर आएँगी, दौड़ोगे तो गिर के घुटने छिल जाएँगे। रुककर कभी इस मिट्टी की निराई-गुड़ाई करनी चाहिए ताकि जंगल हरा-भरा हो सके। तुम्हारी माँ ने भी अपने दिल में बहुत हड़बड़ी में कुछ बीज इधर-उधर छितरा दिए थे और फिर उन्हें ख़ुद अपने ही

पैरों से चल खूँद दिया। उसकी सारी उमर खर-पतवार उखाड़ने में ही ज़ाया हो गई। अस्पताल से घर, घर से अस्पताल और बीच के बचे जीवन में ख़राश खाए हाथ और उदास दिल ही रहा उसके पास। अपनी माँ जैसे मत बनना बच्चे। दिल सींचने की चीज़ है...लगाने की चीज़ है, एहतियात बरतने की चीज़ है, इसकी मिट्टी को चाक पर चढ़ाना ही पड़ता है ताकि कुछ बन सके। अच्छा, छोड़ो ये सब बातें। ये बताओ कि तुम आगरे कब आओगे?"

"अभी हाल-फ़िलहाल तो नहीं ना-अम्मी, इसके बाद भी दो पेपर और हैं तो फ़ुर्सत ही नहीं। क्यूँ, ख़ास बात कोई?"

"मेरे पास बिन्नी की एक कॉपी है तुम्हारे नाम। मुझे पता नहीं उसमें क्या है। जब से बिन्नी गई है तब से अन्दर ही रखी है। तुमको इसलिए नहीं दी थी अब तक कि कुछ वक़्त और बीते तो तुमको दूँ कि देखो क्या है इसमें।"

बिन्नी राहिला के घर का नाम था और अमू जानता था कि जब रौशन को उससे जुड़ी किसी बात को लेकर बहुत उलझन होती है तभी वह उसे इस नाम से पुकारती हैं।

"मैं कल ही आता हूँ ना-अम्मी।"

"जब मैंने आने के बारे में पूछा था तो पता नहीं था कि इम्तिहान चल रहे हैं तुम्हारे, सो बीच इम्तिहान आने की ज़रूरत नहीं है। इत्ते जाड़े में आने की यूँ भी कोई हड़बड़ी नहीं करना। मैं देखती हूँ कुछ न कुछ करके कोरियर से भिजवा दूँगी। चलो अब सो जाओ तुम, आधी रात होने आई।"

"तुमको अभी इस बारे में नहीं बताना था उसे।" रौशन को लगा जैसे राहिला ने उसके पास आकर कहा हो।

"उमर का कोई भरोसा नहीं होता...तुम्हारे जाने के बाद खटका-सा रहता है मुझे...उसे पता होना चाहिए, कल को कुछ हो जाए मुझे तो उसकी जानकारी में होना चाहिए तुम्हारा सामान।" रौशन ने बत्ती बुझा करवट लेते हुए कहा, जैसे राहिला की बात का जवाब दिया हो।

आब-ए-हयात, तबर्रुक और आवारा उजाले

हरसिंगार के फूल सर्दियों में खिल के झर जाते हैं, बिखर जाते हैं। ईश्वर की धारणा ही इतनी कोमल है कि उसके सिंगार के फूल भी ठंडे, नम मौसम में ही खिलते हैं। अंधड़, गर्मी झेलने के लिए जो है वो मन है। हम मन में जितने गहरे उतरते जाते हैं उतने भारी होने लगते हैं। हमारे मन और अनुभूति का, भूले हुए प्यार का, आँख के पानी का वज़न इस भारी मन की तलहटी में दरारें डाल देता है। मन की चार दिशाओं में से तीन दिशाएँ ईश्वर के लिए हैं और इन दिशाओं को छोड़ वह कभी उस चौथी दिशा में जाता नहीं जहाँ तलहटी में दरारें पड़ी हों, ईश्वर उस तल को कभी छूता ही नहीं। मन का दाब, टूटने की सहज उत्कंठा, आकांक्षा मन का वही सूखा हिस्सा ही कर सकता है जो पानी में डूबने को सदा तैयार हो, यही हिस्सा इनसान है। सुख की लम्बी चादर पर जो बार-बार दुख के फूल काढ़ता है, पत्तियाँ उकेरता है—वो इनसान है, कोई देवता नहीं। ईश्वर ने सदा ही दुख के कपड़े पर सुख लीपा है जिसकी छपाई कपड़े पर पड़ने से पहले ही सूख जाती है और जो कभी हाथ लगता

ही नहीं। ईश्वर चाहता है कि इसी ओझल सुख को पाने के लिए उसके सामने प्रार्थनाएँ की जाएँ पर वे एक समय के बाद ख़त्म हो जाती हैं। हर प्रार्थना का एक नियत भाग्य होता है। एक बनी-बनाई लकीर होती है उसी पर सभी प्रार्थनाओं को चलना होता है, इस लकीर के बाहर किसी भी प्रार्थना के लिए कोई जीवन ही नहीं है; और फिर कहीं कोई ऐसा इनसान होता भी नहीं है कि जिसके हाथों में आब-ए-हयात हो और जो उसे इन ख़त्म होती हुई प्रार्थनाओं के पास लाकर रख दे। सबसे पहले वे प्रार्थनाएँ, वे दुआएँ गिरकर ज़मीन में खो जाती हैं जिनके लिए हम हथेलियों को जोड़ते हैं। वे हाथों की दरारों में से कब-कहाँ फिसल जाती हैं हमें पता ही नहीं चलता। ठीक इसी तरह कभी-कभी अँजुरियों में सँभालकर रखा हुआ प्यार भी रिस जाता है। हम मान के चलते हैं कि दिखाई नहीं देता तो क्या हुआ पर हमारा मन प्यार से लबरेज़ तो है ही जिसे हम जब चाहें अपने चाहने वाले पर ज़ाहिर कर सकते हैं, दिखा सकते हैं...जबकि ऐसा होता नहीं। ऐसा ही कुछ धीरे-धीरे राहिला और अमू के बीच भी हो रहा था। रौशन ने इक्का-दुक्का मौक़ों पर राहिला से बात करने की कोशिश भी की पर राहिला के बात को बात में घुमा देने वाले रवैये को जानते हुए उसने बाद में कभी इस पर बहुत ज़ोर नहीं दिया। यूँ भी अपना आगा-पीछा सबको ख़ुद आप ही सँभालना होता है और यही उम्मीद रौशन को राहिला से भी थी कि आज नहीं तो कल उसे बढ़कर बेटे को पुचकारना ही पड़ेगा।

"अरे! कोई लाउडस्पीकर ले के सारा-सारा दिन गाता थोड़े रहेगा कि वह सामने वाले को कितना प्यार करता है।" उसने रौशन से कहा था।

"फिर भी बढ़ते बच्चों पर प्यार जताना ही पड़ता है बिन्नी।"

"तुमने तो कभी मेरी लल्लो-चप्पो नहीं की, कभी फ़िज़ूल का प्यार

नहीं जताया फिर भी मुझे कैसे मालूम है कि तुमको मुझसे और अमू से प्यार है।"

"मेरी-तुम्हारी बात अलग थी। तुम कभी अमू जितनी सीधी नहीं थीं, तुम अपनी हर बात मनवा लेती थीं। वह बहुत सीधा बच्चा है, अगर कुछ कहता नहीं तो उसे नेगलेक्ट मत किया करो, उस पर ज़्यादा ध्यान दो।

"हाय! सीधा बच्चा...हमारे तो जैसे सींग उगे हुए थे।" वह हँसकर बोली।

ऐसा नहीं था कि राहिला को अमू की कोई फ़िक्र ही न हो पर वह इस फ़िक्र को दिखाने के मामले में ज़रा कोताही कर जाती थी।

रौशन ने कमरे में झाँककर देखा, खिड़की से आता उजाला नीचे उतर फ़र्श पर फैल गया था। साढ़े आठ बज गए थे और राहिला अब तक सो रही थी। पिछले बारह-तेरह साल में ऐसा कभी नहीं हुआ था कि स्कूल जाने के वक़्त तक वह सोती रहे, आज तो कोई छुट्टी भी नहीं थी। रौशन ने कमरे में जाकर उसे जगाया।

"अह्हं..." वह चौंककर उठ गई।

"तुम्हें आज स्कूल नहीं जाना क्या? साढ़े आठ बज रहे हैं। अमू तो कब का नहा-धो के चला भी गया।" रौशन ने कहा।

"तबीयत ठीक नहीं लग रही थी तो आज छुट्टी ली है, और अमू अब बड़ा हुआ, ग्यारहवीं में है तो बच्चों की तरह मत ट्रीट किया करो उसे। अपना कमरा समेटकर गया है या ऐसे ही भाग गया?"

"तुम उसके पीछे हाथ धोकर मत पड़ी रहा करो। पहले ये बताओ कि क्या तबीयत ख़राब लग रही है?"

"बहुत ज़्यादा थकान रहने लगी है इन दिनों। कल तो क्लास में खड़े होकर पढ़ना भी मुश्किल हो गया था। आज और कल की छुट्टी लेकर

आई हूँ, दो दिन आराम करूँगी तो सही हो जाएगा सब।"

"चाहो तो गगन को दिखा आओ, आज तो यहाँ शाम को बैठेगा क्लिनिक में।

"'आज' तो से मतलब?" राहिला ने पूछा।

"मतलब कि एक नया क्लिनिक फव्वारे में भी खोल लिया है उसने अपनी बेटी के लिए, सो कुछ महीनों तक पाँच दिन यहाँ और दो दिन वहाँ वाले क्लिनिक पर बैठेगा। वहाँ मरीज़ जम जाएँगे तो वह क्लिनिक लड़की को सौंपकर वापस यहीं।"

"लड़की डॉक्टर है उसकी?"

"हाँ, लेडीज़ डॉक्टर है। बता रहा था, कहीं साउथ से डॉक्टरी करके पार साल ही आई है यहाँ। चाहो तो किसी दिन चलकर उसकी लड़की को ही दिखा लो, अमू के साथ चली जाओ स्कूटी पर हाल ले जाएगा।"

"बारहवीं है अगले साल उसकी, उसे एक सेकंड भी बिगाड़ने की फ़ुर्सत नहीं होनी चाहिए। हम-तुम ही चलेंगे किसी दिन।"

"अच्छा, बाहर आओ मैं चाय चढ़ाती हूँ।" कहकर रौशन कमरे से निकल गई।

वह डॉक्टर से मिल चुकी है, इस बात को रौशन को कैसे बताए ये उसे पता ही नहीं था। पहले वह ख़ुद तो समझ ले कि उसे हुआ क्या है... क्या होने वाला है, इस होने वाली चीज़ का उस पर क्या असर पड़ेगा, वह ये ख़ुद ही जान ले तभी तो बताएगी। टीस की एक लहर नीचे कमर से होती हुई उसकी पिंडलियों पर जा रुकी। उसने करवट बदली और आँखें मूँद लीं और बन्द आँखों में गुत्थमगुत्था पड़े हुए दृश्यों की भरमार थी, जिनके अँधेरों में दिन-रात का फ़र्क़ मिटा जुगनुओं की तरह आवारा उजाले चमक जाते थे। उसके मन की पगडंडियाँ जाने किस बारिश के

पानी में डूबी हुई थीं...यादों की आवाजाही से बना मन का ये रास्ता अचानक पानी में जा छुपा था...उसे इस कीचड़ भरे रास्ते से इन दृश्यों की बाँह थाम इन्हीं आवारा उजालों के भरोसे आगे बढ़ना था। उसकी आँखों में पानी आकर ठहर गया, जिसे उसने हथेली की उलटी तरफ़ से ऐसे पोंछा मानो ऐसे करने से अन्दर उमड़ता सैलाब रुक जाएगा। दिन के उजाले में भी उसके चारों ओर धुँधलका बिखरा हुआ था और उसे इस सलेटी रंग में आसपास बस जुगनू से दिख रहे थे मानो उसके नज़दीक की सारी रौशनी कहीं किसी कोने में जाकर छुप गई हो और उसे इन्हीं जलते-बुझते जुगनुओं के साथ चलना हो। यादों का एक रेला कहीं से निकल उसके बिस्तर पर आ बैठा था और उसे डर था कि ज़रा सी हलचल से कहीं ये फैल न जाए; पर गाठें खुल ही जाती हैं, यादों की उदास पड़ी गठरियाँ किसी हाथ का इन्तज़ार करते-करते एक रोज़ ख़ुद ही खुलकर बिखर जाती हैं। सने-सनाए पैर लिये मन से निकल-निकल के जाने कितनी यादें, कितने दृश्य उसके पास आ गए थे।

जब रौशन उसे दुपहर के खाने के लिए उठाने आई, वह गहरी नींद में सो रही थी। रौशन ने उसे देर तक निहारा फिर उसके माथे पर हाथ फेर कमरे से बाहर निकल गई। स्कूल से लौटने के बाद अमू उसके कमरे में दो-तीन बार झाँक गया था, पर वह अभी तक सो ही रही थी। वह नींद की आड़ में आँखें बन्द करके ऐसे ही लेटी हुई थी, उसे पता था कि अमू उसे उठाने के लिए आया था और हर बार उसे जगाए या न जगाए यही उलझन लिये उसके कमरे से वापस लौट गया था। शाम

की रौशनी आसमान के नीले रंग को ढकने लगी थी और अँधेरा उसके सिरहाने घुटने पर ठुड्डी टिकाये बैठा था मानो उसे ग़ौर से देख रहा हो और उँगलियों पर गिन रहा हो कि उसके इस अँधेरे में गिरने में कितना वक़्त बचा है। वह कितनी देर तक ऐसे ही आँखें बन्द किये कमरे में रह सकती थी...नींद कितनी भी गहरी हो टूटती ही है...रात उतर जाती है, दिन निकलता है, सियाही टूटकर रौशनी में मिल जाती है...साँस के रुकने तक सब यूँ ही चलता रहता है कुछ भी रुकता नहीं है। वह उठी, कमरे से बाहर निकल खाने की मेज़ पर आ रौशन को आवाज़ लगाई।

"एक कप चाय पिला दो रो-अम्मी।"

"उठ गईं तुम! चाय चढ़ी हुई है, मैं तो ख़ुद ही जगाने आ रही थी तुमको। सारा दिन सोई हो आज। तबीयत कैसी लग रही है अब? थकान उतरी या अभी भी ठीक नहीं लग रहा?"

"अमू कहाँ है?" उसने पलटकर पूछा।

"सो गया है, शाम को ट्यूशन से आकर।" रौशन ने कहा।

"उसे जगा लाओ, मुझे बात करनी है कुछ।" वह बोली।

"क्या हुआ बिन्नी?"

"च्च्च, पहले उसे जगा के लाओ न।"

अमू अपने कमरे से रौशन के साथ बाहर आया, उसने राहिला की तरफ़ देखा, उसके चेहरे पर अजीब सी थकान दिख रही थी। अमू ने आँखों ही आँखों में रौशन से जानना चाहा कि बात क्या है, पर वह तो ख़ुद ही अनजान थी बात से। राहिला ने चाय का घूँट भरा और अमू की तरफ़ देखा।

"ट्यूशन गए थे आज?"

"हाँ।"

"क्या पढ़ा रहे हैं?

"पार्टिकल्स एंड रोटेशनल मोशन।"

"केमिस्ट्री का कोर्स कहाँ तक पहुँचा?"

इस बात पर रौशन और अमू ने एक-दूसरे को देखा। केमिस्ट्री तो राहिला ख़ुद उसे रोज़ शाम को दो घंटे पढ़ाती थी।

"बग्गा से पूछना कि अगर केमिस्ट्री वाले बैच में तुम्हारे लिए जगह बन सके तो तुम ज्वाइन करोगे।"

"तुम पढ़ाती तो हो इसे।" रौशन ने कहा।

"मुझे कुछ दिन रेस्ट की ज़रूरत है अभी और स्कूल से आने के बाद रूटीन से पढ़ाना मुश्किल होगा, बेहतर है ट्यूशन लग जाए। बोर्ड्स में रिस्क लेने की कोई ज़रूरत नहीं है।"

"तुम साफ़-साफ़ बताओ मसला क्या है?" रौशन ने पूछा।

रौशन ने अमू को कमरे में जाने का इशारा किया, वह जाने के लिए उठा पर राहिला ने उसका हाथ पकड़ पास रखी कुर्सी पे बिठा लिया।

"मुझे पिछले तीन-एक हफ़्ते से ज़्यादा वक़्त हुआ बहुत डिस्चार्ज हो रहा है लगातार, ब्लड वग़ैरह बहुत जा रहा है। अपनी डॉक्टर को दिखाया था, एक-दो बेसिक टेस्ट किये हैं उसने। वह थोड़ी संशय में है तो उसका कहना है कि इन रिपोर्ट्स के साथ मैं मेडिकल कॉलेज में एक बार कंसल्ट कर लूँ।"

वह उठी, अमू के सर पर हाथ फेरती हुई अपने कमरे में चली गई। उस रात सालों बाद वह तीनों एक साथ, एक ही कमरे में सोये थे। अमू उसका हाथ अपने हाथ में ले, उससे चिपकर सो रहा था और रौशन के हाथ राहिला के पैरों पर ऐसे थे मानो उसे डर हो कि वह उन्हें नींद में ही सोता छोड़ कहीं चली न जाए। रौशन ने अधखुली आँखों से राहिला की

तरफ़ देखा, उसका एक हाथ अमू के हाथ में था और दूसरा उसके सर पर, रौशन ने महसूस किया कि आख़िर धार में धार जाकर मिल ही गई, उनके मन के जो तार पास-पास होकर भी कहीं दूर छिटके हुए थे वह इस रात की उदास बात से एकदम ही जुड़ गए, जैसे इस रात की उदासी से चिंगारियाँ उड़ी हों और उन्होंने इनके बीच की दूरी को पिघलाकर उसे एक नये साँचे में बदल दिया हो, जैसे किसी सयाने चित्रकार ने दीवार पर पड़ी चटक के ऊपर तितलियाँ उकेर सदा-सदा के लिए उस दरार को छुपा दिया हो और उन तितलियों को बाँहें पसार फूल बुला रहे हों। रौशन के सामने उम्मीद का नया आकाश था जो सुन्दर था, आशा से भरा था और जिसमें राहिला और अमू नये मौसम की हरी शाख़ से लहक रहे थे, पर रौशन जानती थी कि उसकी इस झूठी उम्मीद के अन्दर एक असल बेचैनी थी जो धीरे-धीरे वहाँ अपनी जगह बना रही थी। बेचैनी का नाप सबके लिए अलग-अलग होता है, जैसे हर गले की प्यास के लिए अलग-अलग माप का गिलास और अलग तापमान का पानी तय रहता है, ठीक वैसे ही हर बेचैनी का कपड़ा भी तय रहता है। रौशन को इस बात का ताज्जुब था कि इस अँधेरी रात में इस घर में एक-दूसरे को दिखाने के लिए झूठे ही आँखें मीचे तीन लोगों की बेचैनी का कपड़ा एक-सा ही खुरदरा है। गले में एक-सी ख़राश डालने वाला जैसे किसी ने एक ही थान में से रूमाल बराबर कपड़ा काट उनके गलों में ठूँस दिया हो और जिसकी रूखी छुअन से अब पार पाने का कोई रास्ता नहीं हो। पौधे फलने-फूलने पर पानी देने वाले हाथों को दुआएँ देते हैं पर वह कभी जान ही नहीं पाते कि इन हाथों ने कितनी जूठन इस पानी में मिलाकर इनकी जड़ों में उड़ेली है। अक्सर की जाने वाली प्रार्थनाएँ ऐसी ही जूठी उँगलियों से घोला गया पानी हैं, राहिला को इस बात का पता

था और ये भी मालूम था कि रौशन की सब प्रार्थनाएँ जड़ों में आने से पहले ही मिट्टी के रास्ते बाहर हो जाएँगी, इसलिए उसकी आँख रास्ते के आख़िरी तारे की ओर टकटकी लगाये हुए थी। रौशन जिस रास्ते के ओर-छोर को देखने के लिए परेशान थी, अमू को उसी के बारे में ये मालूम था कि कोई एक रास्ता तो हमेशा रहता ही है, उन्हें ढूँढ़ने वाले ढूँढ़ लेते हैं, राहिला को पार जाना ही है, रौशन भी एक रोज़ मर-खप ही जाएगी और वह ख़ुद सबको भूलने का रास्ता पकड़ लेगा, पर क्या भूलना इतना आसान होता है—अमू ने सोचा।

उसकी साँस-साँस शहर की हवा से धड़क रही थी...यमुना के पानी से भीगी, रेत में नहाई हवा उसकी साँस से होकर मन की झिल्लियों में अपनी जगह बनाने लगी थी। साँस तो वह रोज़ ही लेती थी पर आज इस साँस में नया क्या है? ऐसा क्या है जिसे वह खोज रही है। वह गहरी-गहरी साँसें ले रही थी जैसे उसे डर हो कि कहीं इस शहर की अपनी हवा उसे वीराना-बेगाना मान उसके पास से लौट न जाए। धूप पटरियों पर बिखरी हुई थी और स्टेशन पर मालगाड़ियों की तादाद बढ़ने लगी थी। कुलियों की हाथ-गाड़ियों ने प्लेटफ़ार्म को घेर लिया था। आगरा फ़ोर्ट स्टेशन सालों से मालगाड़ियों की आवाजाही के लिए एक तरह से आरक्षित था, सवारी गाड़ियाँ तो इक्का-दुक्का ही आती-जाती थीं वहाँ, इन ही इक्का-दुक्का आने-जाने वाली गाड़ियों में से किसी एक से वह साल भर बाद उतरी थी। मार्च की चटक धूप में ऐसी तुर्शी थी कि देह पर गिरे तो देह सुलगने लगे और फिर छाँव में आते ही मन वापस उसी धूप के टुकड़े

की तरफ़ जाने को बेचैन हो जाए। क्या साल भर ही में शहर बदल गया, उसे सब कुछ नया-नया लग रहा था, पिछले बीस सालों की सब निशानियाँ कहीं जाकर छुप गई थीं और उसकी हैरत से बौखलाई आँखें उन्हें ढूँढ़ने को बेचैन, यहाँ से वहाँ तक भागी फिर रही थीं। जब वह इस स्टेशन से अपनी नई राह की ओर गई थी तब हवाओं में खुमारी थी, सिहरन थी, प्यार था, और जो भी था वो फ़रवरी की ख़ुशगवार जादूगरी थी या उसके हुलसते मन की ख़ुशी...ये उसे आज तक नहीं मालूम हुआ। उसे बस इतना पता था कि हर ओर प्यार था और प्यार में तो सूखी रोटी भी तबर्रुक लगती है। रौशन से कितने ही दिनों तक उसकी खटपट रही थी, कितनी खींचतान के बाद आख़िर रौशन ने उसके सामने हार मानी थी और वह 'सहन' से बाहर आ एक नये रिश्ते की नई राह पर थी, हालाँकि वह जानती थी कि रौशन उसे बहुत देर तक रोक ही नहीं सकती थी, उससे जीत नहीं सकती थी, बात तो बस इस रस्साकशी में देर तक अपना सिरा थामे रहने की थी जिसे उसने मज़बूती से थामा हुआ था।

हल्के बैंगनी रंग के शॉल में लिपटा हुआ अमू उसकी गोद में गहरी नींद सो रहा था, उसने शॉल को हल्का ढीला किया ताकि उसे गर्मी नहीं लगे। दिन चढ़ने लगा था। वह पिछले चार-पाँच घंटे से यूँ ही बैठी हुई थी, कभी खड़ी होकर अमू को कन्धे से लगा टहल लेती तो कभी बैठकर मैगज़ीन पढ़ने लगती। कोई उसे देखता तो जान जाता कि उसके मन में कोई उलझन है पर चौबीसों घंटे भागते शहर में किसे फ़ुर्सत थी कि रुककर उसे देख, उसकी उलझन पूछे और कोइ पूछता तो भी क्या वह बता देती...क्या बता पाती कि पानी का कौन-सा भँवर बिन गोल घूमे ही उसे अन्दर खींच रहा है। चढ़ता हुआ दिन, दुपहर और फिर ढलती हुई शाम के किनारे तक आ लगा था। वह बैठे-बैठे थक गई थी और बच्चे

को फ़ीड कराते-कराते उसे याद आया कि उसने आज दिन भर में कुछ खाया ही नहीं है, उसे अब भूख लगने लगी थी। उसने सामान इकट्ठा किया, कुली को आवाज़ दी और स्टेशन के बाहर निकल आई।

ऑटो जब 'सहन' के आगे रुका तो गली एकदम ख़ाली थी। ऐसा बहुत कम होता था कि गली ऐसी सूनसान रहे, आधे से ज़्यादा वक़्त तो गली राधास्वामियों के सत्संगियों से भरी रहती थी। उसने हाथ डाल फाटक का छोटा दरवाज़ा खोला, सामान ऑटो वाले की मदद से अन्दर रखवाया और अन्दर घुस दरवाज़ा बन्द कर लिया। उसकी आँखों को किसी ने वहीं रोक लिया था, सहजन के पेड़ पर बहार आ रखी थी। छोटी-छोटी फलियों से झूलता पेड़, सफ़ेद फूलों से लदा हुआ था जैसे किसी ने हरी डलिया में ढेरों सफ़ेद पिरोई हुई माला सजी रखी हों। राहिला की बाँहों में अमू ज़रा कुनमुनाया और फिर उसके सीने से चिपककर दुबारा सो गया। वह सीढ़ियाँ चढ़कर अन्दर पहुँची, नीचे के दोनों कमरे बन्द थे, इनमें से एक उसका कमरा था और दूसरा बहुत सालों से स्टोर की तर्ज पर काम आता था। उसने बहुत धीरे से अपने कमरे का दरवाज़ा खोला, बत्ती जलाई और सामान अन्दर खिसका दिया। कमरा साफ़ था जैसे रौशन को पता हो कि वह लौटकर आने वाली है। वह चुपचाप सीढ़ियाँ चढ़कर रौशन के कमरे की ओर गई, कमरे का दरवाज़ा भिड़ा हुआ था। उसने हल्के हाथ से दरवाज़ा खोला, रौशन दीवार की ओर मुँह किये लेटी थी।

"तुम्हें कितनी बार कहा कि घर ऐसे चौपट खोलकर मत रहा करो। किसी दिन कोई घुस आएगा, तब समझ आएगी तुमको।" वह रौशन से बोली।

चौंककर रौशन पलटी। उसे दरवाज़े पर खड़ी देख, दौड़कर उससे जा लिपटी...कोई दो मिनट बाद रौशन को समझ में आया कि वह अकेली

नहीं है, उसके साथ कोई और भी है। तुरन्त ही सारा माजरा समझ में आ गया। उसने अपनी आँखें पोंछी और राहिला की गोद से बच्चे को ले उसका माथा चूम, उसे सीने से लगाये रखा।

"तुमको कुछ पूछना नहीं है रो-अम्मी?"

"नहीं! तुम वापस आई हो, आज अच्छा दिन है। क्या नाम रखा है इसका?"

"अभी तो कुछ नहीं।" राहिला ने जवाब दिया।

"कोई बात नहीं...अब घर आ गया है तो नाम भी रख जाएगा। चलो तुम सँभालो इसे, मैं चाय लेकर आती हूँ। अच्छा बताओ, खाना क्या चढ़ा दूँ?" रौशन ने कमरे से निकलते हुए पूछा।

रौशन ने कभी उससे अपनी तरफ़ से पूछा नहीं कि वह वापस क्यों लौट आई। जिस शादी के दम पर उसने इतना वितंडा उठा रखा था घर में, उस शादी का क्या हुआ। उसने राहिला से बस एक ही बात पूछी थी...

"क्या माया को बताओगी अपने वापस आने के बारे में?"

"क्या कोई ज़रूरत है?"

"ज़रूरत तो नहीं है पर छुपाकर रखने से भी कुछ होना नहीं...तुम अपने घर आई हो, इसमें न बताने जैसा क्या है और फिर चिट्ठी-पत्री तो होती ही है। मैं ही कभी भूल से कुछ लिख बैठूँ, उससे पहले बेहतर रहेगा कि तुम ही बता दो। मानो या न मानो पर एक तरह से वह भी मायके वाले ही हैं तुम्हारे।"

सहन रौशन आरा

"ऐसा करो बिन्नी, तुम आज मेरे कमरे में ही सो जाओ। मैं नीचे वाले में सो जाती हूँ। कल उसे साफ़ करवा लेंगे फिर इस्तेमाल करना, वैसे तो रोज़ ही साफ़ होता है पर एक बार अच्छे से खिड़कियाँ झड़ जाएँ, जाले उतर जाएँ, पंखा-वंखा साफ़ हो जाए तब बच्चे के संग शिफ़्ट होना उसमें।" रौशन ने कहा।

"ठीक है।" राहिला बोली।

उन दोनों के सोने के बहुत देर बाद जब वह नीचे आई तो उसके हाथ में कुछ काग़ज़ थे। रौशन ने पलंग पर उन काग़ज़ों को फैला दिया। वह देर तक उन्हें उलट-पुलट के देखती रही, फिर उन्हें बन्द करके एक तरफ़ रख दिया। बहुत देर तक वह ऐसे ही बैठी रही, जब उसे कुछ नहीं सूझा कि अब उसे क्या करना है तो वह माया को चिट्ठी लिखने बैठ गई—

माया,

तुमको जब यह चिट्ठी लिख रही हूँ तो मैं एक ख़ुशी-सी में हूँ। हालाँकि ख़ुशी के साथ एक अजब सी बेचैनी और डर भी है मुझे। इस उमर में पहुँचने के बाद ज़रा-ज़रा सी बात से यूँ भी खटका हो जाता है कि अब जाने क्या हो। बिन्नी के आने के बाद जो डर सालों पहले मेरे अन्दर आया था कि इसको पालूँगी कैसे? वैसा ही एक नया डर आज फिर मेरे सामने है। देखो, बिन्नी अब साल भर बाद लौटी है, साथ में बालक भी है। रह-रह कर यही सोच रही हूँ कि अबके कैसे इस ज़िम्मेदारी से पार पाऊँगी, फिर ख़ुद ही दिलासा रख लेती हूँ कि अब तो हम दो जने हैं। कभी लगता है कि ये महीने-दो महीने में लौट जाएगी पर मैं जानती हूँ ऐसा होगा नहीं। पूछने को मेरे पास बहुत कुछ है पर सोचती हूँ कि पूछने से कहीं लड़की का मिज़ाज न बिगड़ जाए, बिदक न जाए। ख़ैर, ये बाद की बातें हैं अभी तो ख़ुश हो लूँ कि 'सहन' एक बार बचपन की खिलखिलाती हँसी से फिर भर उठेगा। बिन्नी के बचपन में कितना कुछ छूट गया था मुझसे, अबके सब कोर-कसर पूरी करूँगी, यूँ भी मूल से ब्याज़ कितना प्यारा होता है। हाँ एक बात और, अगर बिन्नी तुमको चिट्ठी लिखे तो कोशिश करना कि उससे पूछ सको कि बात क्या है? हुआ क्या है?

रौशन

वह बहुत देर तक चिट्ठी हाथ में लिये बैठी रही फिर ये सोचकर

उसने चिट्ठी को बन्द कर उन काग़ज़ों में रख दिया कि माया को अपनी वापसी की बात क़ायदे से राहिला को पहले बतानी है, जब तक राहिला इस बाबत कोई पहल नहीं करती वह कैसे कुछ बता सकती है। उसने बत्ती बुझाई और सोने की कोशिश करने लगी पर नींद दूर-दूर तक उस कमरे में कहीं नहीं थी, और अगर होती भी तो आज की रात रौशन सो नहीं पाती। वह देर तक करवटें बदलती रही और हर करवट में अतीत उसके सामने खुल-खुल के बिखरा जा रहा था। कितना कुछ उसे आज याद आ रहा था! परछाइयाँ उसका हाथ पकड़कर उसे ऐसे अन्धे गह्वर में लिये जा रही थीं, जहाँ के अँधेरे से आज तक कुछ बातें कभी ऊपर आई ही नहीं थीं। जब रौशन ने 'सहन' ख़रीदा था, तब उसे इस बात का बिलकुल भी अन्दाज़ा नहीं था कि इस जगह आकर उसके जीवन का पूरा ढर्रा बदल जाएगा। 'सहन' दरअसल चालीस के दशक के कोठीनुमा बनावट का मझोले आकार का मकान था जिसे हीरेन्द्र ने ही उसे दिलाने में मदद की थी। उन दिनों उस पर छीपीटोले वाली जगह को ख़ाली करने का दबाव बढ़ने लगा था, उसी दौरान उसने हीरेन्द्र से कोई नया मकान तलाशने के लिए कहा था।

"सुनो हीरू, कहीं कोई मकान तलाश सकते हो मेरे लिए?"

"क्यों, यहाँ क्या दिक़्क़त हो रही है तुझको?"

"यहाँ ये सब दुकानदार मुश्किल कर रहे हैं अब रहना...रोज़-रोज़ का झमेला है, चिक-चिक है। काम बिलकुल ठप पड़ता जा रहा है यहाँ। कोई मकान आए नज़र में तो बताना।"

"कितने तक का?"

"कोई छह-साढ़े छह के आसपास पड़ जाए। पाँच तो इस मकान का नीचे वाला दुकानदार दे ही रहा है, खींचतान के सवा पाँच तक निकल

आएगा।" उसने हीरेन्द्र से कहा।

"देख, मकान तो है एक मेरी नज़र में पर यहाँ आसपास नहीं, दयालबाग़ की तरफ़ है। तुझे ठीक लगे तो बता। कोई तीस-पैंतीस साल पुराना है, ख़ूब बड़ा भी है। सात के आसपास मिल भी जाएगा, थोड़ी मरम्मत की ज़रूरत है तो मान ले सब निबटा के साढ़े सात तक पड़ेगा तुझे। देखना चाहे तो चल किसी दिन।"

रौशन जिस नई उम्मीद को लेकर छीपीटोले से दयालबाग़ आई थी वह कभी पनप ही नहीं पाई। उसके यहाँ आने के कुछ ही महीनों बाद इमरजेंसी लग गई और इसी बदली हुई परिस्थिति में उसके आगे के सभी रास्ते सँकरे होकर बन्द हुए, फिर ये रास्ते उसकी कई कोशिशों के बाद भी कभी पहले की तरह खुल नहीं सके। कभी-कभी वह सोचती थी कि उसने यहाँ आकर बहुत ग़लत दाँव चल दिया पर 'सहन' का एक बड़ा घर होना और उसका इस घर पर अख़्तियार, उसकी सभी हताशाओं के ऊपर हमेशा भारी पड़ जाता था। इसी एक घर के आसरे पर उसने राहिला को पाल लिया था कि कभी कुछ न बन पड़ा तो ये घर तो बेचा ही जा सकता है।

कितनी ही देर तक वह ऐसे ही जागती रही फिर दिन निकलने के ज़रा पहले उसकी आँख लगी। जब वह उठी तो राहिला चाय लिये कमरे में घुस रही थी।

"अरे! उठ गईं तुम, मुझे उठा देतीं मैं बना देती।"

"आज ही बनाई है, कल से तुम ही बनाओगी रो-अम्मी।" उसने रौशन से कहा।

रौशन मुस्कराई कि चलो लड़की वापस अपने रंग में आ रही है। चाय पीकर जब राहिला उठने लगी तो रौशन ने उसे रोक लिया।

"बिन्नी बैठो ज़रा, मुझे कुछ बात करनी है।"

"बोलो।"

रौशन ने पलंग पर बिखरे काग़ज़ों में से एक पासबुक निकाल उसके हाथ में पकड़ा दी। राहिला ने पासबुक को एक सेकंड के लिए देखा और फिर उसे उन्हीं काग़ज़ों के ऊपर रख रौशन से पूछा।

"क्या है ये?"

"जब माया पहले-पहल यहाँ आई थी तो मेरे हाथ में तुम्हारे लिए कुछ पैसे रख गई थी, उसी से तुम्हारे नाम एक आर.डी. खोली थी। बाद में हर महीने और भी पैसा जमा होता रहा इसमें। इन सालों में सब ब्याज वग़ैरह जोड़कर अच्छी-ख़ासी सेविंग है इस खाते में।" रौशन बोली।

"तो मुझे बताने का क्या मतलब रो-अम्मी।"

"सीधी-साफ़ बात, कहने का मतलब ये है कि अब आगे की पढ़ाई का देखो। एडमिशन लो कहीं, फ़ीस वग़ैरह का सब ख़र्च यहाँ से निकल आएगा। बच्चे की ज़िम्मेदारी से फ़ारिग रहो, मैं हूँ उसके लिए।"

"तुमको कैसे मालूम हुआ कि अब आगे सब नये सिरे से जमाना पड़ेगा।"

"मैं माँ हूँ तुम्हारी, जानती हूँ तुम्हें...इसीलिए ये भी पता है कि अब तुम वापस नहीं जाओगी यहाँ से।"

माया जब 'सहन रौशन आरा' की सीढ़ियाँ चढ़ रही थीं तो उन्होंने नोनी का हाथ थाम रखा था। नोनी ने बीती रात ही उनसे कह दिया था कि वह भी उनके साथ वहाँ जाएगा। ऐसी गन्दी-ग़लीज़ जगह गुरु ग्रन्थ साहिब

का पाठ करने वाली उसकी बहन के जाने के लिए नहीं है। ऐसी जगहों पर जाने के लिए थोड़ा हिम्मती होना पड़ता है।

माया ने इकतालीस-बयालीस की चौखट पर खड़ी रौशन को देखा। वह छोटे क़द की बिना रुतबे-रौब-रुआब की सादा-सी औरत थी। हरे छींट के सलवार-क़मीज़ में कुछ-कुछ वह उनकी अपनी माँ जैसी ही तो लग रही थी। "पिछले कई सालों से बीबी ऐसी ही तो दिखती हैं।" माया ने सोचा।

रौशन ने उन्हें देखा, एक तीस-इकतीस साल की औरत और साथ में सत्ताईस साल का लड़का। लड़के ने बाल कटा रखे थे और हाथ भी बिलकुल ख़ाली थे पर फिर भी उसकी बनावट में कुछ ऐसा था कि रौशन ने एक ही बार में जान लिया कि ये सिख हैं। ये कौन लोग हैं और ऐसे समय में उसके दरवाज़े पर क्यों आकर खड़े हैं जब शहर अन्दर ही अन्दर सुलग रहा है। बुझे हुए बारूद में सोई हुई चिंगारी-सा हो रखा है जो कभी भी आग पकड़ सकता है और जिसे अभी कुछ समय पहले तक इन्दिरा की मौत के बाद उलट-पुलट के जलाया जा रहा था। उलझन में घिरकर न रौशन से ही एकदम कुछ बोला गया, न ही आने वाले लोगों से।

"रुकने का कोई ठिकाना तलाश रहे हैं क्या? अगर ऐसा है तो अन्दर आ जाइए। पहले भी कुछ लोग, कुछ बच्चे कई दिन तक गुपचुप रहे हैं यहाँ, बाद में गुरुद्वारे वाले इन्तज़ाम होते ही सुरक्षित घर पहुँचा देते हैं।" रौशन ने माया से मुख़ातिब हो कहा।

"नहीं, ऐसा कुछ नहीं है। हम लोग रौशन बी से मिलने आए थे। नोनी ने फ़ौरन ही जवाब दिया।

"कहिए? मैं ही हूँ।" वह बोली।

वे दोनों चुप रहे तो रौशन उन्हें अपने साथ अन्दर ले आई।

"अब कहिए, क्या बात है?"

"जी, हमको एक लड़की चाहिए..." नोनी ने कहा।

"उठिए...आप जाइए यहाँ से...यहाँ ऐसा कोई काम नहीं होता।"

"नहीं-नहीं, मेरा कहने का वह मतलब नहीं था।" नोनी हड़बड़ाकर बोला।

"तुम ज़रा चुप रहो नोनी।" माया ने उसे टोका।

"असल में हम अपनी भांजी को तलाशते हुए आए हैं आपके पास। माया ने कहा।

"कौन भांजी?"

"उसे आपके यहाँ छोड़ा गया था, उसी से मिलने। दरअसल उसको ही वापस लेने आए हैं आपसे।"

"उन्ह्ह्हह्ह...ऐसा तो कोई नहीं है अब यहाँ। कुछ बच्चे दंगों के बीच यहाँ छुपकर रहे तो थे पर अब कहाँ हैं, ये तो गुरुद्वारे वाले ही बता पाएँगे आपको। असल में वही लोग बच्चों को सही माहौल में घरवालों के पास, रिश्तेदारों के पास छोड़कर आ रहे थे। फिर एक यहीं नहीं, कई-कई घरों में लोगों ने पिछले दिनों जान बचाने के लिए पनाह पाई है। कितने बच पाए, कितने ख़ूँ-गारत हुए, किसी के पास कोई हिसाब नहीं।" रौशन ने जवाब दिया।

"हम शाहपुरा से आए हैं।" नोनी बोला।

नोनी की बात सुनकर रौशन के माथे पर शिकन आई और आकर ठहर गई। वह थोड़ी देर चुप रही जैसे कुछ सोच रही हो, फिर माया की तरफ़ देखकर उससे पूछा।

"शाहपुरा के कौन घर से?"

"शाहपुरा के कौल परिवार से। वहीं खेती-किसानी है हमारी, वहीं के हैं हम लोग। मेरी बड़ी बहन छाया यहीं आगरा में तेल की फ़ैक्ट्री वाले रंधावा के बेटे हीरेन्द्र सिंह को बियाही थी, उसी की लड़की है आपके यहाँ।" माया ने कहा।

पल भर की चुप्पी के बाद रौशन बोली...

"मैं जानती थी हीरेन्द्र को...तुम्हारी बहन को नहीं जानती थी पर उसके बारे में सुना ज़रूर था...हाँ, बच्ची मेरे ही पास पल रही है। तीन साल की बच्ची को यहाँ दे गया था। झूठ नहीं कहूँगी कि जब बच्ची आई थी तो मुझे लालच था कि इमरजेंसी के बाद अब सब नये सिरे से जम जाएगा पर पहले की तरह कुछ हुआ ही नहीं; फिर इतनी छोटी बच्ची से जब मन जुड़ा तो उसे इस काम में डालने का ख़याल ही नहीं आया, ऐसा सोचने की हिम्मत ही नहीं हुई। और मुश्किलों के साथ अब तो जीवन बिलकुल ही नये ढर्रे पर है।"

"तभी तो हम आपके पास आए हैं कि हमारे घर का बच्चा है यहाँ। हम ले जाएँ इसे अपने साथ, एक बेहतर ज़िन्दगी मिले उसे।" नोनी ने कहा।

"और ले जाकर क्या दे पाएँगे आप इसे? आपके ले जाने वाले मज़बूत हाथ होते तो हीरेन्द्र इसे यहाँ लाकर पटक पाता? शाहपुरा वाले अपनी बेटी की मिट्टी उठाने तो आए ही थे तभी ले जाते इसे भी। यहीं शहज़ादी मंडी के पीछे रहते थे रंधावे...छींक भी मारें तो सारा आगरा सुन ले तो ये बात न मालूम होगी यहाँ सबको कि शाहपुरा वाले टाँगों के बीच पूँछ दबाए आए और वैसे ही वापस भी लौट गए। अब आए हो आप यहाँ जब रंधावों का कुल ही नहीं रहा...हीरेन्द्र और तेजेन्द्र दोनों भाइयों को उन्हीं की फ़ैक्ट्री ने फूँक मारा। बचा-खुचा घर-ख़ानदान सुना है, पूना

निकल गया किसी भतीजे के पास। यहाँ तो ताला डला होगा घर पर, इसीलिए हिम्मत हो गई न आपकी यहाँ आने की! ऐसी बात नहीं करते कि जिसके करने से बखेड़ा खड़ा हो जाए।" रौशन ने पलटकर कहा।

उस रात एक कमरे में नोनी के सोने का इन्तज़ाम हुआ, दूसरे में माया और रौशन सोये। राहिला को सोने के लिए रौशन ने ऊपर अपने कमरे में भेज दिया था। बहुत देर तक माया और रौशन बातें करती रहीं।

"फ़रवरी में नोनी की शादी है। शादी की तारीख़ तो पहले से ही तय थी, तब कहाँ मालूम था कि ऐसा दंगा भड़क जाएगा। बीबी हमारी यानी मेरी माँ सारा-सारा दिन बहन जी को याद करके रोती रहती हैं...'कुड़ी होती तो भाई की शादी में कितनी रौनक डाल देती, बड़ी लड़की थी घर की, शगुन के सारे काम उसी ने करने थे, अब बेटी नहीं तो मेरी नवासी ही ले आओ।" माया ने कहा।

"मौक़ा तो याद करने वाला ही है पर याद करने-करने में ही आप लोगों ने कितने साल लगा दिये। साफ़ सी बात है, अभी तो बच्ची को भेजूँगी नहीं आपके यहाँ। अभी तो उसे कुछ पता भी नहीं। हौसला रखो, ज़रा ठहरो आप लोग, पहले वह ये सब जानने-समझने लायक़ हो जाए तब ही उसका आना-जाना शुरू होना चाहिए।"

माया ने ऊपर जा कमरे में झाँककर देखा, राहिला गहरी नींद में थी। उसे देख माया की आँखों में नमी उतर आई।

"चेहरे-मोहरे से बहन जी जैसी है बिलकुल।" उसने रौशन से कहा।

अगली सुबह माया और नोनी इस समझौते के साथ वापस लौटे कि बच्ची की पढ़ाई-लिखाई का पूरा ख़र्चा शाहपुरा से आएगा और बच्ची से उन लोगों की चिट्ठी-पत्री चलती रहेगी।

माया से चिट्ठी-पत्री शुरू तो हुई पर आठ-नौ साल के लम्बे अन्तराल के बाद और राहिला के आख़िर तक माया को कोई गिनी-चुनी चिट्ठियाँ ही भेजी गईं।

घर में ख़ामोश हवा की धड़कन साफ़-साफ़ सुनी जा सकती थी। रौशन दो बार बाहर निकलकर गली के कोने तक देख आई थी, राहिला अभी तक कॉलेज से नहीं लौटी थी। बादल घिरकर बरसने को हो रहे थे और उसे चिन्ता थी कि कहीं बारिश शुरू हुई तो लड़की घर आते-आते भीग जाएगी।

राहिला फाटक खोल घर में बाद में दाख़िल हुई, रौशन का सवाल पहले आ गया।

"कहाँ थी अब तक?"

"यहीं थी, चौराहे पर डाकिया मिल गया था। तुम्हारी चिट्ठी थी तो वही दे रहा था। ये माया कौन हैं?" राहिला ने उसे चिट्ठी पकड़ाते हुए कहा।

"तुम कल कॉलेज मत जाना।" उसे खाना परोसते हुए रौशन बोली।

"क्यों?" उसने पूछा।

"बस ऐसे ही। कितने दिन हुए तुमसे ठीक से बात ही नहीं हुई बैठकर।"

"ठीक है, वैसे भी कल कम लेक्चर हैं तो न जाकर भी कोई हर्ज़ा नहीं।"

सारी रात रौशन ने इसी उलझन में काट दी कि लड़की को बताए तो

बताए क्या, बीता हुआ कल दिखाने की कौन सी तरकीब है भला! यहाँ तो रौशन के अतीत को लेकर बहुत ज़्यादा कोई खाना-खाकोरी कभी रही नहीं। थोड़ी-बहुत बातें तब ज़रूर उठी थीं जब हीरू यहाँ आया करता था। लड़की को लेकर भी जो सुगबुगाहटें थीं, वह भी कब की शान्त हुईं। इन सब बातों के परे रौशन को एक डर था कि किसी दिन शाहपुरा से कोई यहाँ चला आया तो वह क्या कहेगी लड़की से?

अगली सुबह रौशन पर बहुत भारी थी पर उसने बिना लाग-लपेट के राहिला को ये सोचकर सब बता दिया कि वह अब चाहे शाहपुरा वालों से मेल-जोल बढ़ाये या काट दे, उसकी मर्ज़ी। कमरे से निकलने से पहले रौशन ने उसे माया की इन सालों में आई हुई सभी चिट्ठियाँ भी पढ़ने को दे दीं। सारा दिन बिन खाए-पिए रौशन बरामदे में कुर्सी पर बैठी रही और राहिला अपने कमरे में बन्द। रात को राहिला जब अपने कमरे से बाहर निकली तो उसने देखा कि रौशन खाने की मेज़ के पास कुर्सी पर बैठी-बैठी सो रही है।

"खाना क्या बनाया है रो-अम्मी?" उसने रौशन को माया की चिट्ठियाँ लौटाते हुए पूछा।

"तुम बैठो मैं अभी परसकर लाती हूँ।" रौशन ने उठते हुए कहा।

माया मासी,

मैंने आप सबके बारे में अभी हाल ही में जाना और अपने बारे में भी। रो-अम्मी ने अभी कुछ दिन पहले ही बताया सब और ये भी कि एक बार आप मुझसे मिलने भी आई थीं। मैंने जब से आप सबके बारे में जाना है तब से मन मिलने को बेचैन है। आपके पास मम्मी की कोई फ़ोटो

होगी? अगर हो तो मेरे लिए प्लीज़ लेती आएँगी क्या?

तलजीत

माया को दूसरी चिट्ठी रौशन ने लिखी जब राहिला ने अपनी शादी की ख़बर दी—

माया,

मुश्किल घड़ी है। बिन्नी कहती है कि शादी कर ली है दो हफ़्ते पीछे और अब यहाँ से अपने पति के घर जाएगी। मेरे अकेले के समझाने से बात बनती नहीं लग रही, कोशिश करना किसी तरह जल्दी आ सको और आकर इससे मिल लो। बीस बरस की है ये और मुझमें अब बाग़ियों को साधने की ताक़त चुक गई है फिर भी मैं कोशिश करूँगी कि इससे लड़के का नाम-पता मालूम कर सकूँ।

रौशन

माया के आने तक राहिला 'सहन' से जा चुकी थी। रौशन लड़की के ऐसे चाँटे से सदमे में थी। न तो माया ने उन्हें ज़्यादा कुरेदा और न ही उन्होंने खानापूर्ति के आगे कुछ बताया।

"रंधावों की लड़की है, असर तो आएगा ही।" माया ने कहा।

"शाहपुरा वालों की, रंधावों की होती तो यहाँ गूदड़ों में पलती।" रौशन ज़रा तुर्शी से बोली।

रौशन की बात पर माया से कुछ कहते नहीं बना। पल भर में ही उसे समझ में आ गया कि लड़की पर की गई टिप्पणी बूमरेंग कर उन्हीं

के ख़ून पर सवाल दाग़ गई।

अगली चिट्ठी इस वाक़ये के कोई सवा साल बाद भेजी गई जिसे राहिला ने ही लिखा था—

माया मासी,

आगरा बहुत दिन तक ख़ुद से दूर नहीं रख पाया मुझे। मैं 'सहन' वापस आ गई हूँ, कोई तीन-एक महीने हुए। पिछली बार कोई मुझे रो-अम्मी की गोद में पटक गया था और इस बार मैं ख़ुद अपनी गोद में किसी को लेकर आई हूँ। लड़के का नाम अमन रखा है और रो-अम्मी अमू बुलाती हैं उसे। ताज्जुब ऐसा कि लड़का शक्ल में हम-सा न लगकर रो-अम्मी-सा दिखता है। वह तो इसी बात पर निहाल हुई जाती हैं। वाहे-गुरु मेहर रखें उन पर। जब मैं लौटी तो उन दिनों कुछ परेशान थी। रो-अम्मी बार-बार फ़िराक़ के शेर की एक लाइन सुनाती रहीं मुझे 'वो कूचा रू-कश-ए-जन्नत हो/घर है घर फिर भी...' अब सोचूँ तो रब की मेहर लगती है कि उन्होंने मेरे लिए 'सहन' को चुना वरना किसी और घर में ऐसे लौटना आसान कहाँ होता! आगे का ये है कि एक-दो जगह पता किया है अगर सब ठीक-ठाक रहा तो, डी.आई. कॉलेज में एम.एस-सी. में एडमिशन हो जाएगा इस सेशन में और बाक़ी एक स्कूल में अभी पार्ट टाइम नौकरी शुरू कर दी है। कहते हैं कि एम.एस-सी. के बाद फुल टाइम कर देंगे। चिट्ठी का जवाब लिखना।

तलजीत

एक समन्दर और रंग लाल

अमू आँखें मूँदे सोफ़े पर लेटा हुआ था, उसकी कॉफ़ी का प्याला उसके सिरहाने रखा था और अपूर्वा पास बैठकर अपनी कॉफ़ी पी रही थी। कॉफ़ी की भारी गंध प्यालों से उठकर उनके आसपास ठहर गई थी, जिसे वह साँस के साथ धीरे-धीरे अन्दर खींच रहा था। अपूर्वा को पता था कि वह कॉफ़ी पीने के बनिस्बत गरम कॉफ़ी से उठती गंध को ज़्यादा पसन्द करता है। वह कई बार अपूर्वा को बतला चुका था कि उसे यह आदत अपनी माँ से मिली है।

"तुम्हें पता है मेरे बचपन का एक बड़ा हिस्सा यही देखकर बीता है कि मम्मी के आसपास जाँचने के लिए स्कूल की ढेरों कॉपियाँ बिखरी पड़ी हैं और उन्हीं के बीच एक चाय से भरा कप रखा है, जिसमें से लौंग-अदरक की मिली-जुली स्मेल उठती थी और वह पैर पर पैर रखे कॉपियाँ जाँचती रहती थीं। तीन-चार बार बिना पिए वह चाय गरम होने को लौटती, कभी मैं तो कभी ना-अम्मी उसे गरम करके लातीं। इतनी बार खौल-खौल के जब वह चाय काढ़ा हो जाती तब पी जाती थी,

उस पर भी उनको शिकायत रहती कि चाय अच्छी नहीं बनी है।" वह हँसते हुए बोला।

अपूर्वा ने देखा, आँखें बन्द कर मुस्कुराते हुए उसका चेहरा कितना अलग लगता है, वरना तो अक्सर उसके चेहरे से चुप्पी ही झलकती है। उसके दाएँ पैर के ऊपर बायाँ पैर रखा हुआ था, उसने एड़ी को अपने पंजे पर हल्के से ऐसे फेरा जैसे धूप में लेटी बिल्ली नींद में उबासी लेती हुई अपनी आँखों को सहला रही हो। अपूर्वा ने महसूस किया कि उसने जाने-अनजाने कितनी ही आदतें अपनी माँ से जज़्ब की हुई थीं। अमू ने आँख खोल उसकी तरफ़ देखा और फिर करवट ले गुनगुनाने लगा।

"द बिलव्ड विल लीव यू बिहाइंड फ्रॉम द स्टार्ट/ लाइट इज़ डिफ़िकल्ट, वन मस्ट बी ब्लाइंड फ्रॉम द स्टार्ट।"

"आग़ा शाहिद अली।" अपूर्वा ने उसके बालों में हाथ फेरते हुए कहा।

"हम्म।" वह बोला।

"यू लव्ड हर सो मच।"

"दुनिया में कौन बच्चा होगा जिसे अपनी माँ से प्यार न होगा भला!" उसने कहा।

फिर कुछ देर शान्त रहकर वह बोला।

"मुझे बस एक ही रिग्रेट है कि अब जब मैं लाइफ़ में सेटल हो रहा हूँ, वे दोनों मेरे पास नहीं हैं। ना-अम्मी के लिए तो चलो कह सकते हैं कि एज हो गई थी पर मम्मी, उन्हें इतनी जल्दी नहीं जाना चाहिए था। शी शुड नॉट डाय इन अ टेंडर एज...शी लेफ़्ट अस इन मिडिल ऑफ़ अ केओस...इट वाज़ लाइक दैट शी वाज़ टेलिंग समथिंग एंड फ़िनिश्ड इट अबरप्टली...अ लॉट वाज़ देयर टू आस्क, अ लॉट वाज़ देयर टू टेल।"

"तुमने कभी उन्हें कन्फ्रंट नहीं किया?" अपूर्वा ने पूछा।

"किसलिए?"

"शी नेग्लेक्टेड यू, यू शुड हैव आस्क्ड।"

"व्हाट वन शुड हैव आस्क्ड एंड व्हाट वन कुड हैव आर टू डिफ़रेंट थिंग्स। वह होतीं तो मुमकिन है कि आज कुछ पूछ पाता और उन्हें फ़ोर्स भी करता जवाब देने के लिए पर जो हुआ नहीं उसका मन में बस एक दृश्य ही खड़ा किया जा सकता है। ऐसा नहीं है कि तब पूछना नहीं चाहता था कि हमारे बीच ये दूरी कैसी? बहुत चाहता था पर कभी सामने से पूछ ही नहीं पाया। फिर बाद में पूछने-पाछने लायक़ कुछ बचा कहाँ, सब कुछ बहुत अचानक से बदल गया। एक बार मैंने लखनऊ में माया मौसी को लिखा उनका एक लेटर पढ़ा था, जिसमें उन्हें लिटरली मेरे लिए बेग किया था कि इसका ध्यान रखना, देखना कि पढ़ाई न रुके और भी बहुत कुछ। शी वाज़ माय हीरो, मैंने तो सारी ज़िन्दगी हीरो वरशिपिंग की है उनकी। वैसे मम्मी की एक डायरी रखी है मेरे पास, अपनी डेथ से कुछ टाइम पहले लिखकर ना-अम्मी को दे गई थीं। जब फ़ाइनल ईयर में था तो ना-अम्मी ने लखनऊ भिजवा दी थी।"

"क्या लिखा है उस डायरी में?"

"आई डोंट नो, मैंने तो अभी तक उसे खोलकर देखा भी नहीं। मन तो बहुत करता है पर हिम्मत ही नहीं होती कि इतने सालों बाद फिर इमोशनल टरमॉइल से गुज़रा जाए। ख़ैर पढ़ूँगा तो सही एक बार, पर कब अभी नहीं जानता। अच्छा चलो छोड़ो ये सब बातें, तुम खाना खिलाओ फिर मैं घर जाऊँ।" उसने सोफ़े से उठते हुए कहा।

"रुक ही जाओ अर्ली, मॉर्निंग निकल जाना।"

"नहीं भई, आज सारी रात बैठकर रिपोर्ट पूरी करूँगा घर जाकर, दो दिन में भेजनी है प्रोजेक्ट स्टैटिक्स के साथ।"

"मुझे सी.सी. कर देना भेजते वक़्त, मैं अपने स्टैटिक्स से टैली करके देख लूँगी। और सुनो, मैं बाकू जाऊँगी अगले महीने दो-तीन हफ़्ते के लिए फिर वाया दुबई बैंगलोर घर निकलूँगी।" खाना लगाते हुए अपूर्वा बोली।

"घर कितने दिन रुकने का प्लान है।" उसने पूछा।

"दस दिन।"

"फिर तो तुमसे कोई दो महीने बाद मिला जाएगा वापस आकर।"

"मतलब?"

"मैं नेक्स्ट वीक दो महीने की ऑफ़िशियल ट्रिप पर ऑस्ट्रिया और पोलैंड जा रहा हूँ। नये प्रोजेक्ट का स्टार्ट है, कल ही कन्फ़र्मेशन आया है," वह बोला।

"शाबाश! यू नेल्ड इट बॉय। यूरोप का ट्रिप सही है, सही है। जा रहे हो तो बस काम ही मत करते रहना सारा-सारा दिन थोड़ा घूमना-फिरना भी, हर वक़्त वर्कहोलिक बने रहना भी अच्छी बात नहीं।" कहते हुए अपूर्वा उसके गले से लग गई।

"जो हुकुम...।" वह हँसकर बोला।

"अच्छा सुनो, तुम एक शॉर्ट ट्रिप लगा सकते हो क्या बैंगलोर का?"

"लगा तो सकता हूँ...पर कब?"

"जिन दिनों मैं वहाँ होऊँगी।"

"तब कैसे आ सकता हूँ, उस टाइम में यहाँ थोड़े होऊँगा। आना क्यों है वैसे?"

"सोच रही थी कि अगर आ पाते तो अपने पेरेंट्स से मिलवाती तुमको?"

"वुंट दे बौदर?" वह बोला।

"नहीं होंगे...माँ तो कूल रहेंगी और पापा वह शायद सारे घर-ख़ानदान

में तुम्हारा पास्ट बता के शेखी बघारें।"

"क्यों भला?"

"वह थोड़े सेल्फ़ सेंटर्ड हैं तो हर चीज़ की लाइम लाइट में ख़ुद को रखना चाहते हैं, बता के पेम्पेर्ड फील करेंगे सबके बीच।"

"ग़ज़ब है यार...मेरा अकेला घर नहीं, सबके घर में कोई न कोई सेल्फ़ सेंटर्ड है।" खाने की मेज़ से उठते हुए अमू बोला।

उसके जाने के बाद बहुत देर तक अपूर्वा सोचती रही कि वह जिस तरफ़ बढ़ रही है, उधर कोई किनारा है भी या बस लहरों के नीचे दबे चिकने पत्थर हैं, जिन पर पैर रखने से फिसलने का डर बना रहता है। अमू तेईस साल का है और उससे साल भर छोटा...जाने क्या बनेगा उनका और अगर कुछ बनने की गुंजाइश हुई भी तो क्या अमू अपने पिछले दिनों से बाहर निकल पाएगा इतनी जल्दी।

यूरोप की शामें जितनी रौनक भरी थीं, दिन उतने ही ठंडे और सफ़ेद। बिलकुल अमू के मन की तरह, ऊपर-ऊपर से दिखाने को हरा-भरा और अन्दर से मिट्टी उड़ाता हुआ बंजर। सात हफ़्तों तक बेतहाशा काम करने के बाद अमू अब फ़ारिग हुआ था और वीकेंड की पिछली बची छुट्टियाँ मिलाकर उसके पास कोई छह दिन बचे थे जिन्हें वह एक टूरिस्ट की तरह काम से परे आज़ाद होकर बिताना चाहता था। जब वह लुब्लिन पहुँचा तो वहाँ की तेज़ ठंडी हवा में बर्फ़ के फ़ाहे घुलकर उड़ रहे थे। सड़क के किनारे खड़ी गाड़ियों पर बर्फ़ की हल्की परत ठहरने लगी थी और फिसलन भरे मोड़ गहरे होने लगे थे, जिन पर गाड़ियों का चलना

मुश्किल काम था। अमू के कन्धों पर गिरती हुई बर्फ़ तह-दर-तह जमा होकर सोने लगी थी। बर्फ़ का ऐसा दरिया अमू ने पहली बार देखा था और वह दूर तक फैली सफ़ेद कहीं-कहीं हल्की नीली रंगत वाली बर्फ़ को देखकर पुलकित था। बचपन से वह रौशन और राहिला के साथ किसी ऐसी जगह को देखना चाहता था, जहाँ आसमान से बर्फ़ की धुनी हुई रुई उसके ऊपर गिर रही हो। ठंडी हवा के अन्दर छुपी नमी...बर्फ़ के अन्दर सोता हुआ पानी...उसके भीतर कहीं गहरे में छुपे एक सपने को छूकर हरा करने लगे थे। वह सड़क पर पैदल घूम रहा था और यूँ ही हर आने-जाने वाले की आँखें देखने की कोशिश में था; उसे आश्चर्य हुआ कि इतनी देर में उसे एक भी आदमी ऐसा नहीं दिखा जिसकी आँखों का रंग नीला हो। उसे यूँ ही घूमते-घूमते बहुत देर हुई तो उसने एक रेस्टोरेंट में जा खाने का पार्सल लिया और टहलते हुए होटल की तरफ़ चल दिया। होटल तक पहुँचते-पहुँचते वह इतना थक गया था कि कमरे में पहुँचकर कपड़े बदल, बिना खाना खाए ही सो गया। यहाँ की हवा-पानी से जो सपना हरा हुआ था, वह ज़रा सी देर में एक घना पेड़ बनकर उसके ऊपर छा गया था। उसकी नींद में इस पेड़ से दो पत्तियाँ टूटकर गिरीं और उसके सामने एक स्टेज पर दो लोग नमूदार हुए और बिना उसे जगाए ख़ुद ही बातें करने लगे...

"दुनिया का कोई भी मुल्क ये दावा नहीं कर सकता कि उसके पास आज या बीते हुए दिनों में कोई रौशन तारीख़ है या थी। सूरज जहाँ डूबता है वहाँ अँधेरा छोड़कर जाता ही है। जगमगाते, चमचमाते ज़मीन के मीलों-

मील फैले सरहदों के लम्बे बेजान-बेज़ार जंगलों में जिन्हें 'मुल्क' कहते हैं, उनमें कहीं भी सूरज की ताब एक पल को भी हल्की पड़ी या किसी खिड़की के अन्दर रौशनी का सितारा अगर काँपकर बुझ गया तो रौशन तारीख़ का ये दावा कितना झूठा पड़ जाएगा...बड़े से बड़ा हर आसमान कभी-न-कभी बादलों से ढक ही जाता है, रौशनी का छोटा सा चिराग़ भी ऐन अपने पैर के नीचे अँधेरे को समेटे रखता है...मुल्कों को रौशनी के लिए बहुत ख़ुलूस, गर्मजोशी और आँख का उजाला बनाए रखना होगा तब कहीं जाकर बात बनेगी। हाँ, रौशनी के मुताल्लिक़ वह ये दावा तो कर सकते हैं कि उन्होंने मुल्क की इमारत की नींव या छत को बहुत रौशन ख़याली से तामीर किया है, पर इसकी भी पड़ताल करनी पड़ेगी कि इस रौशन ख़याली में कितनी रौशनी, कितना उजाला मौजूद था, घर का चूल्हा कितना गरम था और रोटी कितनी मुलायम थी।" लड़की ने उस नीली आँखों वाले सैनिक की तरफ़ देखकर कहा।

"क्या तुम इस पार, इस मुल्क पर ऐसे ही दावों के साथ हमला करने नहीं आए हो?" लड़की ने कुछ ठहरकर पूछा।

"हाँ...बिलकुल इसीलिए आए हैं हम कि यहाँ एक नया सूरज उगाएँ, एक नई रौशनी की तामीर करें और आदमी की एक ऐसी नस्ल बनाएँ जो अब तक की सब नस्लों में बेहतरीन हो।" सैनिक ने कहा।

विस्चुला के पानी में मानो सैनिक की बात सुनकर हलचल हुई और ये लहर उठकर लड़की के दिल से जा टकराई। लड़की ने आँख फेरकर गिरते हुए आँसू को छुपाने की कोशिश की। लड़की नहीं चाहती थी कि जिस दुश्मन सैनिक के साथ वह पिछले कई दिनों से है, उसके सामने उसकी कमज़ोरी का कोई भेद खुले। कभी-कभी लड़की कुछ ज़्यादा ही उदास हो जाती थी कि जिस सैनिक टुकड़ी ने उनके शहर

में मारकाट मचाई, घरों से औरतों और बच्चों को निकाल-निकाल के मारा, गोली-बारूद की चोट से घरों की दीवारों और आदमियों के सीनों पर ऐसे हमले किये कि उनका वजूद मिट जाए; ऐसी टुकड़ी के एक सैनिक के साथ वह पिछले कितने ही दिनों से भटक रही है। उसी के बिस्तर पर सो रही है और उसके आलिंगन में गरमाहट का अनुभव कर रही है। लड़की की अपने बारे में अब ये राय थी कि वह एक कमज़ोर लड़की है और मरने के बजाय दुश्मन के साथ रहकर, जब तक ज़िन्दा बची रह सकती है रहेगी और इस बात का शुक्र भी मनाएगी। लड़की इस बात का शुक्र भी मनाती थी कि उसे एक ही सैनिक के साथ सोना पड़ता है, न कि मिटा दिये गए शहरों की औरतों की तरह जिन्हें जीतने वाली टुकड़ियाँ आगे बढ़ने से पहले बार-बार रौंदती रहें, कुचलती रहें। लड़की अपने मन में शुक्र अदा करने की इस बात को उस सैनिक के प्रति अपना प्यार मानती थी।

"कल सुबह मैं अपनी रेजिमेंट की टुकड़ी से यहाँ मिलूँगा।" सैनिक ने कहा।

"हम कहाँ आ पहुँचे हैं?" लड़की ने पूछा।

"विस्चुला के बाहरी इलाक़े पर।" सैनिक ने जवाब दिया।

विस्चुला का पानी लड़की के अन्दर रक्त के साथ एकमेल होकर बह रहा था। बचपन से अब तक उसकी यादों में विस्चुला के कितने ही रूप थे। अब यही यादें उसके एकान्त में घबराए पंछी की तरह हूकती हैं।

"हम कहाँ आ पहुँचे हैं?" लड़की ने दुबारा पूछा।

"शायद क्राको के नज़दीक, मेरा नक़्शा कहीं गिर गया है।" सैनिक ने जवाब दिया।

"क्राको...इतनी दूर, घर से मीलों दूर...।" लड़की ने बस इतना ही कहा।

सैनिक ने इलाक़े का मुआयना करते हुए लड़की की तरफ़ देखा। लड़की की आँखें अभी भी नदी के बहते पानी पर टिकी थीं।

"क्या सोच रही हो?" सैनिक ने पूछा।

"सोच रही हूँ क्या लुब्लिन और क्राको के बीच आने में पानी को भी इतने दिन लगते हैं जितने मुझे लगे।" लड़की ने डर और उदासी भरी आवाज़ में कहा।

सैनिक ने आगे बढ़कर लड़की का ठंडा माथा चूमा और कहा।

"सामने एक टूटा हुआ शेड दिख रहा है, मैं देखकर आता हूँ अगर सुरक्षित लगा तो तुमको लेकर जाऊँगा, तब तक तुम यहीं रुको। इस घास में ज़रा छुपकर बैठना।"

वह मुड़ा और उसके मुड़ने पर कन्धे के पास छाती पर एक नाम झिलमिलाया—रोज़र-वॉन-बौक—लड़की ने सोचा, क्या आज ही मैंने इस नाम को देखा है या ये पहले भी दिखता रहा है!

लड़की अब जहाँ थी वह किसी छोटी चर्च का बचा हुआ अवशेष था। दीवारें जहाँ-तहाँ गोला-बारूद की मार से बिखरी हुई थीं। छत का एक हिस्सा टूटा हुआ था और इसी टूटे हिस्से के नीचे एक पुरानी बेंच पड़ी थी, जिसे लड़की ने खींचकर दूसरे कोने में डाला। इस कोने में कुछ अख़बार पड़े थे। लड़की को ताज्जुब हुआ कि ऐसी बरसात और ठंडी हवा में ये गले नहीं, बस अकड़े से हैं जैसे भीगते रहे हों और फिर से भीगने के इन्तज़ार में बार-बार सूखे हों। लड़की ने उन्हें झाड़ा और बेंच पर सोने के लिए फैला दिया। सैनिक अपनी टुकड़ी के साथियों को खोजने के लिए शहर के भीतर की तरफ़ गया था। लड़की ने अपना

लम्बा स्कार्फ़ खोला और कानों पर ओढ़ दरवाज़े की तरफ़ करवट ली। टूटे दरवाज़े से घास के पार उसको एक इमारत दिखाई दी, जिस पर नाम का बोर्ड टूटकर लटका हुआ था। उसने उस नाम को पढ़ने की कोशिश की पर कुछ अख़बारों की गर्मी और कुछ नींद ने उसे सुला दिया।

सुबह जब लड़की उठी तो बारिश रुकी हुई थी और उजाला होने लगा था मानो रौशनी अपने पैरों से बादलों को एक तरफ़ करके नीचे झाँकना चाहती हो। उसने नज़र इधर-उधर फेरकर देखा, सैनिक अब तक नहीं आया था। वह झुकी और नीचे गिर पड़े अख़बार को उठा लिया। उसने अख़बार पर तारीख़ देखी—10 सितम्बर, 1939...

लड़की की आँखों ने एक साथ गड्ड-मड्ड करकर कई ख़बरों को सोख लिया। सबसे पहले जिस ख़बर पर नज़र गई वह थी शर्मन'ज़ के स्कूली कपड़ों की सेल की, लड़की ने देखा कि एक ड्रेस और स्पोर्ट्स शर्ट 3 'ज़्लॉटी' में मिल रही थीं। दूसरी ख़बर ब्रेड की एक दुकान पर मिलने वाली छूट की थी। तीसरी ख़बर असल ख़बर थी जिसे वह बार-बार पढ़ती रही...

"क्राको पर हुआ जर्मनी और साथियों का क़ब्ज़ा...क्राको में बनी जनरल गवर्नमेंट, पश्चिमी क्राको नाज़ी फ़ौज के अधिकार में हुआ और पूर्वी क्राको सोवियत सेना के अधिकार में आया। क्राको घेटो का काम शुरू...(यहाँ से बाद में यहूदियों को ऑश्वित्ज़ या प्लास्ज़ो भेजा गया था।)

घबराकर लड़की बाहर निकल आई...रौशनी में लड़की ने पहली बार टूटे हुए चर्च को देखा, जिसे देख उसे अपने लुब्लिन के ओल्ड-टाउन में बनी 'चर्च ऑफ़ सेंट-जोसफ़ात' की याद आ गई। इसी रौशनी में उसे दूसरी इमारत 'लॉशारा क्लब' दिखी जिसे वह रात के अँधेरे में ग़ौर से

देख रही थी। उसने धीमे पैरों से उस तरफ़ चलना शुरू कर दिया जहाँ बीती शाम वह और सैनिक पहुँचे थे। रुकी हुई बूँदें फिर बरसने लगी थीं। हवा के झोंकों के साथ फुहार उसकी ओर लपककर आती थी। रात अँधेरे में छुपा विध्वंस दिन में उजागर होकर उसके सामने खड़ा था।

जिन अवशेषों की धूल दूर तक उड़ रही थी, अब वह पानी की बूँदों में एकाकार होकर ज़मीन पर गिरकर कहीं खोई हुई थी। इस देश के, इन लोगों के, इन आँखों के सपने तितलियों के गीले पंखों से फिसलकर मिट्टी में गिरे पड़े थे और जहाँ से उनके उठने की सभी कोशिशों पर पानी पड़ा हुआ था। लम्बी खड़ी सूखी घास बारिश में भीगकर कुछ हरी लगने लगी थी। घास लड़की के कन्धे तक आ रही थी और उसका हल्का हरा रंग लड़की के स्कार्फ़ से हू-ब-हू मिल रहा था। लड़की ने स्कार्फ़ को खोल निचोड़कर दुबारा सर पर लपेट लिया। लड़की की फ्रॉक भी कुछ-कुछ घास के हरे रंग की थी और उसके बाएँ कन्धे पर एक मटमैला फूल बना हुआ था जो कभी सफ़ेद रहा होगा, जिसकी पत्तियाँ कुछ पैनी थीं और ऐसा लगता था जैसे पानी की बूँदें गिरने से पहले उन पर ठिठककर थम गई हों।

विस्चुला के गोल, घूमते किनारे से लगी हुई घास के बीचोबीच खड़े होकर उसकी आँखों ने उसे आते देखा। उसकी आँखों के दूसरे कोने में लॉशारा क्लब झलक रहा था, जो अपनी तबाही के बाद भी सीधा खड़ा हुआ था।

उसने चेहरा घुमाकर देखा उसकी आँखों के ठीक सामने दो हल्की नीले रंग की आँखें चमक रही थी। उनकी आँखें मिलीं...

"क्या तुम मुझे घेटो भेज दोगे?" लड़की ने उससे डरते हुए पूछा।

"नहीं, हर्गिज़ नहीं। तुम वहाँ नहीं जाओगी...तुम्हारी जगह वहाँ नहीं,

कहीं और है। मेरे साथी भी मिल गए हैं।" सैनिक ने लड़की के माथे को चूमते हुए कहा।

लड़की उन आँखों से लिपटकर कुछ और हँसी...लड़की ने आगे बढ़कर सैनिक के भीगे होंठों पर अपने होंठ रख दिये...बारिश तेज़ होने लगी थी।

लड़की ज़मीन पर जिस जगह पड़ी हुई थी, वहाँ से लॉशारा की इमारत ठीक उसके सामने थी। बाएँ कन्धे के मटमैले फूल में ख़ून का लाल रंग घुल रहा था और नीली आँखों वाला साया उसके सामने से धीरे-धीरे गुम हो रहा था। साया जैसे-जैसे धुँधला रहा था, एक नाम—रोज़र-वॉन-बौक—वैसे-वैसे उन बुझती आँखों में झिलमिला रहा था।

चौंककर अमू की आँखें खुल गईं, स्टेज से दोनों किरदार ग़ायब हुए... उसने देखा, खुले पर्दे से बाहर लाल काँच की बड़ी खिड़की पर फिसलती हुई बर्फ़ अपने रुकने की जगह तलाश रही थी। अमू ख़ून के गाढ़े रंग को जानता था...वह शायद इस लड़की को भी जानता था...वह सालों से एक ऐसे सपने को भी जानता था जिसमें एक नीली आँखों वाला साया था...वह उसे भी जानता था जिसे इस नीली आँखों वाले साये के सपने आते थे।

एक ही आकाश में डूबते हैं सब...सूरज-चन्दा-तारे

मैं अब एक नई जगह हूँ। उस जगह से कोसों दूर जहाँ की हवा शान्त थी, जहाँ हवा की लरज़ में ठहराव था, अब मैं इस जगह खड़े-खड़े अपने आसपास नज़र घुमाऊँ तो लगता है कि यहाँ किसी चीज़ में ठहराव नहीं है। हर चीज़ भाग रही है, सब दौड़ रहा है, सब बदला जा रहा है। यहाँ बदलने से मेरा मतलब ईंट-गारे की इमारतों से नहीं है, न हवा-पानी से है। इमारतें गिरकर मिट्‌टी बन ही जाती हैं...हवा-पानी भी कहाँ बदलते हैं दुनिया में...हवा दिखती ही नहीं कहीं, जबकि उसका जीवन में बहुत महत्त्व है पर हम उसे इतना ही मानते हैं कि बस नाक से खींचो और नाक से ही बाहर निकाल दो और रही बात पानी की तो पानी हर जगह रुककर सड़ ही जाता है। बदलने में जो चीज़ सबसे बुरी तरह बिखरती है, बुरी तरह टूटती है, चोटिल होती है वह तो हाड़-मांस का इनसान है और कोई नहीं। देह के अन्दर की बुनियाद ज़रा हिलती है और इनसानी इमारत धराशायी। मेरे सामने जिनका संसार था, उनमें से पहली धीरे-धीरे अपनी धँसती हुई बुनियाद को महसूस कर रही थी, दूसरा बदलाव के

नुकीले औज़ारों से ख़ुद को आने वाले कल के लिए तोड़कर तराश रहा था, तैयार कर रहा था...और तीसरी इस सबसे दूर खड़ी, हैरान हो, इस सब बदलाव को होते हुए देख रही थी।

एक सोलह-सत्रह बरस का लड़का दिल्ली की सड़कों पर ज़िन्दगी का करतब देख रहा था, वो करतब जो किसी को भी चकरघिन्नी-सा घुमा दे...ऐसे करतब जो उसे कुछ ही दिनों में कुएँ से निकाल गहरे समन्दर में फेंकने वाले थे और अब समन्दर को उसे तैरकर ही पार करना था...

उसकी हथेलियों की दरारों में डर पसीने के साथ चुपचाप ऐसे आकर बैठ गया था कि वह ज़रा भी काँपे तो आँखों में रुके पानी के साथ-साथ वह भी हाथों से छलछला जाए। कितने दिनों से वह ख़ुद को बहला रहा है कि दिल्ली जाएगा और वहाँ जाने पर ये रिपोर्ट्स किसी जादू से बदल जाएँगी। ये आगरा से बाहर उसकी पहली यात्रा थी। राहिला ने उसे कभी शहर से बाहर जाने ही नहीं दिया, पहले ये कहती रही कि वह छोटा है और बाद में ये कहना कि बोर्ड्स हैं, पढ़ाई पर ध्यान दो, जो करना है बारहवीं के बाद करना। जब वह दिल्ली आ रहा था उससे पहले घर में कितनी माथापच्ची हुई थी।

"तुम्हारा दिमाग़ खराब है जो इसे अकेला दिल्ली भेज रही हो... इतना बड़ा शहर, इतना बड़ा हॉस्पिटल कैसे सँभालेगा सब।" रौशन ने राहिला से कहा।

"रो-अम्मी, जाना तो पड़ेगा ही, कौन जाएगा इन रिपोर्ट्स को लेकर दिल्ली...जैसे-तैसे तो स्कूल की प्रिंसिपल के थ्रू एक लिंक निकला है

एम्स में, एक बार रिपोर्ट्स देख लें डॉक्टर्स वहाँ के और अगर फिर एडवाइस करेंगे तो चलेंगे यहाँ से।" वह बोली।

"अरे! हम तुम चलते हैं, तुम इन रिपोर्ट्स को दिखाकर अपनी तसल्ली कर हाथ के हाथ डॉक्टर को दिखा भी लेना, फिर लौट आएँगे...महीने-दो महीने की दवा लेकर। नाहक ही अकेला जाकर परेशान होगा लड़का।"

"मेरी कंडीशन दिख रही है तुम्हें, मैं ख़ुद को देखूँगी या तुम्हारी देखभाल करती रहूँगी वहाँ।"

उसके इस तर्क पर फिर रौशन से कुछ कहते नहीं बना।

दिल्ली जाने से पहले वह राहिला की प्रिंसिपल से मिलकर आया था और उनके मार्फ़त एम्स में किस डॉक्टर से मिलना है, ये सब जानकारी जुटा लाया था। प्रिंसिपल ने ही अमू को बताया था कि डॉक्टर ने कहा है कि वह प्रिस्क्रिप्शन पर राहिला के लोकल डॉक्टर से 'रेफ़र टू एम्स' लिखवाकर ले आए, ऐसा करने से उसकी पेशेंट फ़ाइल बनने में आसानी रहेगी।

अस्पताल की भीड़ देख वह एक बार को आतंकित हुआ। उसके हर ओर मरीज़ों की भीड़ थी, लोगों का एक हुजूम था जो उसे हर तरफ़ से अपनी जानिब बढ़ता नज़र आ रहा था। इसी भीड़ में वह डॉक्टर का नाम, डिपार्टमेंट बता, बड़ी मुश्किल से राहिला का पर्चा और फ़ाइल बनवा पाया था।

जब वह डॉक्टर के कमरे पर पहुँचा तो उसे बाहर एक के ऊपर एक चढ़ते हुए, बेचैन, धक्का-मुक्की करने को तत्पर मरीज़ दिखे; किसी जनरल फ़िज़िशियन के पास ऐसी भीड़ देखने का ये उसका पहला अनुभव

था और उसे पता नहीं था कि आगे ऐसे कई और अनुभवों से उसका साबका पड़ने वाला है। पर्चा जमा कर अपनी बारी का टोकन ले वह कमरे में अन्दर डॉक्टर के केबिन की ओर बढ़ गया।

कमरे में अन्दर भी बहुत भीड़ थी, उसे वहाँ खड़े लोगों में से पसीने जैसी उठती गंध से ऐसी घुटन महसूस हो रही थी कि वहाँ कुछ देर और खड़ा रहा तो उसे साँस लेने में तकलीफ़ होने लगेगी। उसे बार-बार आगरा मेडिकल कॉलेज याद आ रहा था और वहाँ की भीड़, ऐसा नहीं था कि वहाँ उसने भीड़ नहीं देखी हो पर ऐसी नहीं देखी थी कि जिसके बीच में होने पर साँस लेना मुश्किल पड़ने लग जाए, उसे लगा कि आगरा और दिल्ली के अस्पतालों में ज़मीन-आसमान का अन्तर है।

डॉक्टर ने उसको हल्की नज़र से देखा और केबिन में भीतर एक ओर आकर खड़े होने का इशारा किया। वह अन्दर आया तो पंखे से आती हवा उसके माथे को चूमती आगे बढ़ भीड़ में गुम हो गई। कुछ मरीज़ों को देखकर डॉक्टर उसकी तरफ़ मुड़ा।

"रिपोर्ट्स?"

उसने एक कोने से पसीजा हुआ लिफ़ाफ़ा आगे बढ़कर डॉक्टर की मेज़ पर रख दिया। डॉक्टर कुछ देर उन रिपोर्ट्स को सरसरी तौर पर देखता रहा, उठकर वहीं बैठे दूसरे डॉक्टर के पास गया, रिपोर्ट्स उसके हाथ में पकड़ाकर उन रिपोर्ट्स को डिसकस करने लगा। बातचीत से फ़ारिग होकर डॉक्टर ने आँखें केबिन के दूसरे कोने में बैठे जूनियर पर टिका दीं।

"जी सर।" जूनियर डॉक्टर ने पलटकर कहा।

"इसे ऑन्कोलॉजी डिपार्टमेंट में ले जाओ, और वहाँ जो भी डॉक्टर ऑन ड्यूटी हो आज उसे ही हैंडओवर करना ये रिपोर्ट्स, किसी इंटर्न के हाथ में मत देना। मेरा रेफ़रेंस देकर कहना कि प्रायोरिटी बेसिस पर

देख लें इन रिपोर्ट्स को और फ़ाइंडिंग्स मुझे बता भी दें।" इतना कहकर डॉक्टर फिर दूसरे मरीज़ों में व्यस्त हो गया।

अस्पताल के लम्बे गलियारों से निकल, सीढ़ियाँ उतर एक पुरानी इमारत की तरफ़ बढ़ते हुए उसने साथ आए डॉक्टर से पूछा।

"ऑन्कोलॉजी डिपार्टमेंट मतलब?"

"जहाँ कैंसर पेशेंट्स देखे जाते हैं।" डॉक्टर ने बिना लाग-लपेट के कहा।

उसने बढ़ा हुआ क़दम रोक दोनों हथेलियों का पसीना, अपनी पैंट से कुछ छुपाते हुए यूँ पोंछा मानो ऐसा करने से उसके भीतर उमड़ता रेला हथेलियों की तरह कुछ देर के लिए सूख जाएगा। डॉक्टर की बात सुन उसे अपने सिर में कुछ सेकंड्स के लिए लपलपाता दर्द महसूस हुआ और ऐसा लगा जैसे चलते हुए तलवे के ज़मीन से लगते ही सिर में हथौड़ा सा बजा हो फिर यही हथौड़ा उसके सीने में सरक आया, जिसके कारण उसे सीने में वज़न-सा लगा और साँस लेने में परेशानी हुई। डॉक्टर ने रुक के उसकी पीठ सहलाई और कहा—

"डिपार्टमेंट में वाटर कूलर है, पहले जा के पानी पी लेना।"

"जी, वह एकदम से धूप में आने के कारण हुआ ऐसा।" वह कुछ खिसियाकर बोला।

वह जानता था कि ये असर उस जगह जाने से हो रहा है जहाँ जाने की गुंजाइश से भी वह बचना चाहता था और इतने दिन से सोच रहा था कि इस अस्पताल में आकर राहिला की रिपोर्ट्स किसी छड़ी के फेरने से बदल जाएँगी।

उसके साथ आया डॉक्टर उसे रिपोर्ट्स सहित एक दूसरे डॉक्टर के हवाले छोड़ वापस लौट गया। इस डॉक्टर ने देर तक उलट-पलट कर

रिपोर्ट्स देखीं, और उससे पूछा।

"कब से तकलीफ़ है पेशेंट को?"

"कुछ महीनों से सर।"

"कुछ महीनों से मतलब कितने महीनों से दो? से, चार से, छह महीने से...तुम्हें कोई आइडिया तो लगता होगा देखकर कि कंडीशन कैसी है...क्रोनिक है या नहीं है।"

"कोई आइडिया नहीं सर कब से है तकलीफ़...मतलब फ़ैमिली में कुछ समय पहले ही पता चला है, वैसे पिछले कुछ महीनों से उन्हें वीकनेस और लोअर बैक में दर्द महसूस होता था।" वह बोला।

"ये टेस्ट्स कहाँ कराए हैं? डॉक्टर ने पूछा।

"कुछ टेस्ट्स एक प्राइवेट हॉस्पिटल के हैं जहाँ सबसे पहले कंसल्ट किया था, बाक़ी मेडिकल कॉलेज के हैं।"

"ये प्राइवेट हॉस्पिटल वाले सारे टेस्ट्स फ़र्ज़ी हैं, बे-सिर-पैर के करा दिये हैं, कहीं से कहीं तक कोई रेलेवेंस ही नहीं हैं। दोनों जगहों की फ़ाइंडिंग्स में बहुत अन्तर है तो इनके आधार पर कुछ कहना ठीक नहीं होगा। हम कुछ नये टेस्ट लिखेंगे जिनका एनालिसिस करके ही कुछ क्लियर बता पाएँगे।"

डॉक्टर ने उससे और भी कुछ चीज़ें पूछीं जिनके बारे में अमू को कोई अन्दाज़ा नहीं था और ज़्यादातर सवालों पर उसका जवाब 'न' में ही था।

"यूँ रिपोर्ट्स तो देख ली हैं मैंने पर इनसे बहुत ज़्यादा केस हिस्ट्री समझ नहीं आ रही है, तुम कुछ बताओ तो डायग्नोसिस करने में आसानी होगी।"

डॉक्टर की इस बात पर अमू ख़ामोश रहा, फिर कुछ देर ठहरकर बोला—

"मुझे कुछ ज़्यादा पता नहीं है सर।"

"तुम्हारे साथ कोई बड़ा बन्दा आया है यहाँ?

"नहीं सर..."

"पेशेंट को अगले ट्यूज़डे लेकर आना। डॉक्टर तैफ़ डिपार्टमेंट की सीनियर डॉक्टर हैं, वह देखेंगी पेशेंट को। पेशेंट कौन हैं आपकी?"

"जी, मदर हैं मेरी।" अमू ने जवाब दिया।

"अच्छा मैं कुछ टेस्ट लिख रहा हूँ, आने से पहले करा लेना। इनमें से दो टेस्ट बाहर की लैब से होंगे, वह कुछ कॉस्टली है। मोस्टली उनकी रिपोर्ट तीन-चार दिन में मिल जाती है। बाक़ी के तीन टेस्ट यहीं डिपार्टमेंट में आकर करा सकते हो उसी दिन। दो-तीन घंटे में रिजल्ट मिल जाएगा। क्या तुम्हारी मदर नॉर्मली बात कर पा रही हैं?

"जी सर।" अमू ने जवाब दिया।

"फिर एक चीज़ पूछकर बता सकते हो मुझे अभी अपनी मदर से? कन्फ़र्म कर दो तो मैं एक टेस्ट और लिखना चाहता हूँ।"

"जी, क्या पूछना है? मैं अभी फ़ोन पर पूछ लेता हूँ।"

"पूछो कि क्या यूरीन पास करने में लोअर एब्डोमेन में दर्द होता है, और बात करते वक़्त पेट में खिंचाव के साथ-साथ गले में ऊपर की तरफ़ कोई लम्प सा...अम्म्म पानी का बुलबुला सा भी महसूस होता है।"

"जी, मैं अभी पूछता हूँ।" कहकर अमू कमरे से बाहर निकल गया और पाँच मिनट बाद वह सोलह-सत्रह बरस का लड़का अपने साथ पाँच साल बढ़ी हुई उम्र लिये वापस कमरे में दाख़िल हुआ।

"जी सर, वह कह रही हैं कि यूरीन के वक़्त दर्द होता है। उन्हें गले में लम्प जैसा महसूस होता है और बार-बार उनका मन करता है कि किसी पैनी चीज़ से इसमें छेद करके इसमें बन्द हवा बाहर निकाल दें तो थोड़ा कम्फ़र्टेबल फील करें।"

डॉक्टर ने उसे देखा मानो ज़रा ही देर में वह कोई और बन गया था अब बात करने में कुछ देर पहले की वह घबराहट नहीं थी।

"मैं एक टेस्ट और लिख रहा हूँ। ये एक दिन पहले कराना पड़ेगा तो अगले दिन रिपोर्ट मिल जाएगी। पेशेंट को मंडे लाकर करा लीजिए टेस्ट तो ट्यूज़डे को बाक़ी सबके साथ इसकी रिपोर्ट भी मिल जाएगी।"

"कुछ और भी करना है क्या सर?" अमू ने पूछा।

"नहीं, मैं फ़ाइल अपने डिपार्टमेंट में ट्रान्सफ़र करा लूँगा तो इसी फ़ाइल पर कॉन्टीन्युएशन हो जाएगा।" कहकर डॉक्टर ने एक नये पर्चे के साथ सब काग़ज़ उसके हाथ में थमा दिये।

वह लम्बे-लम्बे क़दम रखता हुआ बाहर आ रहा था और बरामदे में पड़ती सूरज की तेज़ रौशनी में उसके सामने का दृश्य भी उतने ही लम्बे-लम्बे क़दम रखता हुआ बदल रहा था। दुविधा के अँधेरे से हटकर अब वह डर की रौशनी में क़दम रखने जा रहा था। जहाँ घड़ी भर पहले बीमारी की शंका थी, अब वहाँ इस शंका के साथ एक धुँधली डरावनी परछाईं भी थी। अमू जानता था ये किसकी परछाईं थी। परछाइयाँ वैसे भी नंगी होती हैं, धूप उनका लिबास उतार ही देती है और आप नंगी परछाइयों को देख आने वाला सच जान ही लेते हो, ये जान लेते हो कि उस परछाई के रुकने-ठहरने की बात अभी है या नहीं। वह घर जाने के लिए बेचैन होने लगा था।

जब अमू लौटा तो दिन के उतरते उजाले में रौशन ने उसके चेहरे पर पसर आए अँधेरे की झलक देख ली। उसने बैग रौशन के हाथ में पकड़ाया

और सीधा बाथरूम में नहाने के लिए घुस गया। जब तक वह नहाकर बाहर आया तब तक रौशन चाय बना लाई थी।

"कहाँ हैं?" उसने रौशन से दरयाफ़्त की।

"सो रही है, लौट के कोई तीन-साढ़े तीन बजे सोई है। इतना मना करने के बाद आज भी स्कूल गई थी। लौटी तो बहुत थकी हुई थी, अभी तो खाना भी नहीं खाया है, आते ही सोने चली गई थी।" रौशन ने जवाब दिया।

"गई क्यों थीं?"

"कह रही थी कि उसके सब्जेक्ट का टेस्ट है किसी क्लास में। टेस्ट करा के कॉपियाँ लेकर जल्दी वापस आ जाएगी, आई तो पर पूरा स्कूल ख़त्म होने के बाद ही।"

चाय का प्याला मेज़ पर रख वह राहिला के कमरे की तरफ़ बढ़ गया। उसने कमरे का दरवाज़ा हल्के से खोलकर देखा, खिड़की का पर्दा खुला हुआ था जिससे आती हुई हल्की रौशनी में वह बिना बत्ती जलाए राहिला का चेहरा साफ़ देख सकता था। उसने देखा कि सबसे बेख़बर वह गहरी नींद में सो रही थी। अमू ने दरवाज़ा भेड़ा और वापस आकर रौशन के पास बैठ गया। रौशन ने देखा लड़के का चेहरा दो ही दिन में उतर गया है।

"क्या बताया डॉक्टर ने?" उसने अमू की तरफ़ मुँह फेरकर पूछा।

"वही बताया हमें जिसका आइडिया लग रहा था।" उसने जवाब दिया।

"समझ नहीं आया होगा उन्हें...यहाँ भी तो शुबहा था न डॉक्टरों को, वहाँ भी पकड़ नहीं पा रहे होंगे कि असल में हुआ क्या है इसलिए ऐसा बोल रहे होंगे। कई बार हो जाता है कि दो-दो, तीन-तीन डॉक्टर्स भी चूक जाते हैं समझने में कि बीमारी क्या है।"

"चूक मुश्किल लगती है ना-अम्मी। वह एक्सपर्ट्स हैं इस बीमारी के। वैसे अभी यहाँ कुछ और टेस्ट्स लिखे हैं जो अगले हफ़्ते दिल्ली जाने से पहले कराने होंगे।"

"फिर जाओगे तुम?"

"मम्मी भी जाएँगी। कुछ टेस्ट्स वहाँ भी होने हैं फिर देखेगी डॉक्टर उन्हें। अमू ने कहा।

रौशन ने हाथ बढ़ाकर अमू की हथेली थाम ली, "देखो, सब अच्छा होगा। अब तुम थोड़ी देर जाकर लेट लो खाने के वक़्त उठा दूँगी।" वह उठकर जाने लगा तो रौशन ने पीछे से पुकारा—

"अमू सुन, कल सुबह मेरे साथ ज़रा ग्यारह बजे के आसपास राजा मंडी स्टेशन चले चलना।"

"किसलिए?"

"मेरी एक बहन आ रही है हैदराबाद से, बारह बजे पहुँचेगी ट्रेन उसकी।" रौशन ने जवाब दिया।

"तुम्हारी बहन...।" अमू ने ज़रा चकित होकर कहा।

"हाँ, चचेरी बहन है। वे लोग हैदराबाद चले गए थे सालों पहले, तब से कोई ख़ास मेल-जोल नहीं रहा। तुम नहीं जानते उनके बारे में, बिन्नी ने भी बस नाम ही सुन रखा है। मिलना तो दूर इतने सालों से देखा ही नहीं उन सबको, बस इधर पिछले कुछ महीनों से फ़ोन पर बात हो जाती है उससे। उसे नम्बर भी जाने कहाँ से मिला मेरा।" रौशन ने कहा।

अमू की आँखों में नींद ही नहीं थी जबकि पिछले दो दिन की भाग-दौड़ में वह मन और शरीर दोनों ही से बहुत थक गया था। वह कमरे में घुसा और ज़मीन पर गिर पड़े फ़ुटबॉल के पोस्टर को उठाकर स्टडी टेबल के ऊपर दीवार पर दुबारा चिपकाकर पलंग पर लेट गया। उसके

कमरे की छत पर रात में चमकने वाले रंगों से आकाश की पेंटिंग बनी हुई थी, वह देर तक उसे तकता रहा फिर हारकर उसने आँखें मूँद लीं। उसे लगा कि उसके आँखें बन्द कर लेने से ऊपर बने आकाश में सब सूरज-चाँद-सितारे डूबकर कहीं ग़ायब हो रहे हैं...ठीक वैसे ही जैसे उसे डर है कि एक दिन राहिला भी इसी तरह डूबकर ओझल हो जाएगी। ये सब सोचते हुए उसे जाने कब झपकी आ गई। रौशन और राहिला के बात करने की आवाज़ें उस तक आ रही थीं और वह रौशन के जगाने से पहले ही उठ गया था।

"अमू आ गया?" राहिला ने पूछा।

"हाँ आ गया, थका हुआ था तो सोने भेज दिया था मैंने। तुम भी सो रही थी। खाना बन गया है, अभी उठ ही जाएगा...जगाना है क्या?" रौशन ने कहा।

"नहीं, सोने दो।" वह बोली।

वह उठकर बाहर आया और माँ के गले से लग गया। इस एकदम के प्यार से राहिला अचकचाकर पीछे हो गई। खाने की मेज़ पर हवा भारी होकर ख़ामोश हो गई थी, न राहिला ने अमू से अस्पताल के बारे में कुछ पूछा और न ही वह इस हालत में था कि उसे तुरन्त खुलकर सब बता पाता और यूँ भी बताना मुश्किल था। चुप्पी तोड़ने और बात बढ़ाने की गरज से रौशन ने ही कहा—

"बिन्नी, कल उज़्मा आ रही है दुपहर को? बारह बजे की ट्रेन है। मैं और अमू उसे लेने स्टेशन जाएँगे।"

"कौन उज़्मा?" उसने सवाल किया।

"तौफ़ीक़ की बेटी।" रौशन ने जवाब दिया।

"ये लोग कहाँ टकरा गए तुमसे? किस काम से आ रही हैं भला,

और क्यों आ रही हैं तुम्हारे पास?"

"उसी का फ़ोन आया था कुछ महीनों पहले। मालिक जाने कहाँ से नम्बर मिल गया उसे मेरा। वे लोग हैदराबाद से वापसी कर रहे हैं। वह कुछ ज़मीन ख़रीदना चाहती है यहाँ, तो सोचा कि हमें पैसे की ज़रूरत रहेगी अभी और उसे कुछ इन्वेस्ट करना है। मैंने उसे कह दिया कि आकर चाहे तो देख ले, 'सहन' का एक हिस्सा ले सकती है पैसा देकर। अगर सौदा ठीक-ठाक बैठा और पट गया तो आगे वाला हिस्सा निकाल दूँगी।

"तुम घर कैसे बेच सकती हो?" राहिला ने खिसियाकर पूछा।

"घर मेरा है बिन्नी और तुम्हारे इलाज के लिए पैसे की ज़रूरत भी मेरी ही है तो बिलकुल बेच सकती हूँ।" रौशन ने कहा।

राहिला ने कुछ कहा नहीं बस अपनी खाने की थाली फेंकी और कमरे में चली गई। अमू और रौशन देर तक यहाँ-वहाँ बिखरे खाने को साफ़ करते रहे। अगली सुबह जब वे उज़्मा के साथ स्टेशन से लौटे तो राहिला आँगन में लेटी हुई थी। उज़्मा को देखकर वह उठी, उसके गले मिली और उसे ऐसे प्यार से घर के अन्दर ले गई जैसे कल रात घर में उज़्मा को लेकर कोई बात ही नहीं हुई हो।

परछाइयों के खँडहर

अमू को अपने ट्रिप से वापस लौटे दो हफ़्ते हो गए थे पर अभी तक उसका और अपूर्वा का मिलना नहीं हो पाया था। अक्सर वे लोग हर तीसरे-चौथे दिन मिल ही लिया करते थे पर इस बार काम के ज़्यादा होने की वजह से वह उससे मिल ही नहीं सका था। वह चाहता था कि अपूर्वा से मिलकर वह उसके ट्रिप के बारे में जाने और अपने पिछले दिनों के रोमांच के बारे में बताए। उसे बताए कि गिरती हुई बर्फ़ को देख उसे कैसा महसूस हुआ, फ़ाहे-फ़ाहे गिरकर ठोस होती बर्फ़ को देखना किस तरह रोमांचित करता है, कैसे यूरोप देखने का सपना उसकी आँखों से ख़ुमार की तरह गुज़रा। उसने अपूर्वा को फ़ोन मिलाया और लंच का वक़्त तय कर मिलने की तैयारी करने लगा।

जब घर से बाहर निकला तो बादल बरस रहे थे। जाती हुई बरसात के मौसम में ठीका-ठीक दुपहर में जाने कहाँ से आकर ये बादल बरसे, अपनी झोली ख़ाली की और आकाश में थककर यूँ ही बिखर गए। अमू ने सड़क किनारे खड़े हो दूर तक नज़र दौड़ाई...बड़े-बड़े पेड़ों से गिरने

वाली पत्तियाँ जिनसे गुज़रने पर चर्र-मर्र की आवाज़ आती थी। ऐसे औंधे मुँह भीगी पड़ी हैं जैसे किसी भँवर से निकल कोई बेदम हो रेत पर गिरा गया हो। उसे लगा कि मुड़कर घर में घुस जाए और जब कुछ देर में मौसम साफ़ हो तब बाहर निकले। उसने घड़ी देखी फिर सोचा कि इस वक़्त रुकने की मोहलत कहाँ, अपूर्वा लंच पर उसका इन्तज़ार कर रही होगी और यूँ भी उसे घर के अन्दर हर वक़्त किसी के कराहने की आवाज़ें सुनाई देती थीं, उसको इन वक़्त-बेवक़्त की सुनाई पड़ती आवाज़ों से बड़ी उलझन होती थी। अमू को लगता था कि कानों तक आने वाली हर कराह की कोई शक्ल होनी चाहिए ताकि कभी-कभार किसी आवाज़ पर कान बन्द कर आँखें खुली रखी जा सकें और उस कराह को देखा जा सके, उसके साथ कहीं दूर जाया जा सके...जैसे कभी वह कहीं दूर जाना चाहता था, उसको जाना था दूर...दूसरे शहर...एक ऐसे शहर जिसकी तलहटी में कोई आदमी, आख़िरी दम तक दम थामे हुए मरीज़ों के लिए दवाई देता था। अमू ने सुन रखा था कि जब मरीज़ को डॉक्टर घर भेज देते हैं, जब उनके रुकने-बचने की कोई आस नहीं रहती तो कई बार इस आदमी की दवाई तड़पते हुए मरीज़ को आराम की राह पर लाकर खड़ा कर देती है या उसका मुश्किल भरा लम्बा रास्ता थोड़ा छोटा कर देती है और दोनों ही सूरतों में ये जाने वाले के लिए राहत की बात होती है।

उसके चलने से अभी भी पत्तियों से आवाज़ उठ रही थी। अभी तक सूखी पत्तियों ने पानी को जज़्ब नहीं किया था, ठीक उसकी तरह।

उसने झुककर एक भीगी हुई पीली पत्ती उठाई, उस पर हाथ फेरा और वापस वहीं किनारे पर रख दिया।

पत्ती ने उसे देखा और जूते से न कुचलने के लिए एक मुस्कान उसके हाथ में थमा दी। वह कुछ आगे बढ़ पाए उससे पहले ही पत्ती ने कहा—

"तुम्हारे घर के मरीज़ को गए तो कितने बरस हुए, अब बेचैन होकर दवा ढूँढ़ने का क्या फ़ायदा?"

पत्ती छूने से अमू की उँगलियों में एक अजब सा खुरदरापन उतर आया था। उसने क़दम आगे बढ़ाये, कार में बैठा और गाड़ी सड़क पर उतार दी। सड़क जहाँ-जहाँ से सूख गई थी वहीं-वहीं से रंग उड़ी लग रही थी। रुकी हुई बारिश फिर शुरू हो गई थी, अमू ने छींटों से बचने के लिए शीशा चढ़ाना शुरू किया ही था कि कहीं से बच्चों के स्कूल की किसी किताब का एक फटा हुआ पन्ना उसकी गोद में आ गिरा। उसे पता ही नहीं चला गाड़ी कब बन्द हुई। उसकी निगाह गोद में पड़े काग़ज़ पर टिक गई। काग़ज़ पर लिखा था—

"1 सितम्बर, 1939 को जर्मनी ने पोलैंड पर हमला किया।"

गाड़ी अभी भी बीच सड़क पर खड़ी थी, और काग़ज़ उसकी गोद में पड़ा था। उसे अपने पिछले दिनों के यूरोप प्रवास में देखा वह सपना याद आया, जो उसके मन से निकल गिरती हुई बर्फ़ की रात में पानी की तरह बहकर उसके मन को ख़ाली कर गया था। "व्हाट एन आयरनी"—उसने कहा। काग़ज़ गोद से उठाया, मरोड़ा और खिड़की के बाहर फेंक गाड़ी चालू कर घर की तरफ़ चल दिया। अमू ने घर में घुस, दरवाज़ा बन्द कर लकड़ी की पीठ पर सर टिका, दो घड़ी साँस भरी...साँस में एक सदी भीतर खींची और फिर वापस हवा को लौटा दी। उसने पलटकर नज़र घुमाकर गैलरी को देखा, जूते वहीं दरवाज़े के पास उतारे, अपूर्वा को फ़ोन कर न आने के लिए माफ़ी माँगी, और कमरे की ओर न जाकर सीधे चौके की तरफ़ बढ़ गया। चौका एक चौकोर बनावट का बेढंगा-सा ढाँचा था, जैसे कमरा बनाते-बनाते बनाने वाले को याद आया हो कि "अरे! रोटी कहाँ बनेगी इस घर में? चौका

तो है ही नहीं" और फिर उस अधबने कमरे को चौका बना दिया हो मानो। अचानक अमू ने महसूस किया कि उसे बहुत तेज़ भूख लग रही है। उसने हाथ धो उँगलियों पर उभर आए खुरदरेपन और जूते से चिपक गई मिट्टी को छुड़ाया फिर अलमारी खोल शेल्फ़ पर रखी पीतल की एक छोटी पतीली निकाली, पानी और नमक मिला आँच पर चढ़ा दी।

नौकरी पर आने के लिए, जहाज़ में चढ़ने से, उड़ने का अनुभव लेने से बहुत सालों पहले उसने एक बार 'सहन' के चौके से इसी पतीली को आँगन में उड़ते देखा था। वो दुर्लभ दिन थे जब रौशन कभी-कभार राहिला की किसी बात पर खीजकर अपनी नाराज़गी ज़ाहिर करती थी; वरना उसने हमेशा उन दोनों के बीच गहरा हेल-मेल ही देखा था। उसकी आँखों में आज भी हवा में तैरते पीतल का रंग बिलकुल ऐसे ही चमक जाता है, जैसे सालों पहले उस शाम चमका था जब रौशन ने ग़ुस्से में पतीली को राहिला की तरफ़ फेंका था। अमू ने फ्रिज खोल पैकेट में से एक केकड़ा निकाल खदकते पानी में छोड़ दिया। 'सहन' के दाल-अदहन के बर्तन में आज देखो क्या हिलोरे ले रहा है उसने सोचा। उसे इस बात पर ताज्जुब भी हुआ कि 'सहन' में हमेशा वेज खाना ही बना। नॉन-वेज तो उसने लखनऊ आने के बाद खाना सीखा था। "ख़ैर, एक उम्र के बाद सब यूँ भी अपने सहन-आँगनों के बर्तन, यादें किसी कोने में डाल उस पर ताला लटका देते हैं।" उसने ख़ुद से कहा।

उबलते पानी से उठते-उठते समन्दर की गंध ने उस सहित सारे घर को घेर लिया था...पर इस तेज़ नमकीन समन्दरी गंध में भी उसे कुछ सालों पहले की, याद की कोई और गंध आकर टटोल रही थी—कुछ-कुछ अजवाइन और धुएँ की मिली-जुली सी।

"अमू सुन, भगत वाले के यहाँ से जल्दी से एक ब्रेड पकौड़ा ला

दे मेरे लिए, तू वहीं खा अइयो। तेरी ना-अम्मी देखें तो कहना कि तू अपने लिए लाया है।"

"ऐ रो-अम्मी, ज़रा नमक-अजवाइन की पूड़ी खिला दो।"

"ऐ रो-अम्मी, आज तो पीले चावल और रायता बना लो, पतला-पतला बनाना रायता, अब सटकने में दिक़्क़त बढ़ गई है। दवाइयों की वजह से सारा टेस्ट ही चला गया है मेरा।"

अमू को जब-तब और भी बहुत कुछ याद आ जाता है। याद के जंगल में लगातार पानी गिरता रहता है...गीली मिट्टी को हटा-हटा के पेड़ निकलते रहते हैं। अलग-अलग शक्लों की यादें...हाथों, आँखों, आवाज़ों, चेहरे, हँसी वाली यादें...यादें जिनमें कोई दुराव-छुपाव नहीं होता; इनकी सब गंध, स्वाद हमेशा एक-सा रहता है। इनकी लिखावट बहुत सरल होती है। अमू को हैरानी होती थी कि लोगों के जीवन में ऐसा क्या है जो उन्हें नॉस्टेल्जिया में, अतीत में बाँधे रखता है...जिसे देख लिया, भोग लिया वह क्यों उन्हें बार-बार दिखता है चाहे आँखें बन्द ही क्यों न हों और उन्हें उलझाकर आगे बढ़ने से रोके रहता है। जैसे कितनी भूली-बिसरी हुई बातों में से निकलकर हॉस्पिटल में कही गई राहिला के डॉक्टर की बात उसे याद आ गई।

"पेशेंट की डाइट में प्रोटीन बढ़ा दो अभी से...पल्सेस बढ़ा दो और डेली एक टाइम खाने में फिश ऐड कर दो। ज़्यादा तले-भुने से बचना, बेटर रहेगा कि स्टीम्ड या पोच्ड फिश खाएँ और अंडे खिलाओ...अंडा हल्का भी रहेगा खाने में।"

"जी, वह वेजिटेरियन हैं और अंडे भी नहीं खातीं।" अमू ने जवाब दिया।

"तब फिर एक्स्ट्रा मेडिसिन ही दी जाएगी।" डॉक्टर ने कहा।

जैसे कहानी में से कहानी निकल आती है वैसे ही याद में से याद निकलकर सिर पर सवार हो जाती है।

"मुझे एक मज़ेदार क़िस्सा याद आया कल रात मम्मी।"

"अच्छा, ऐसा क्या याद आ गया तुम्हें!" राहिला ने पूछा।

"मुझे याद आया कि एक बार तुम छत पर ट्रांज़िस्टर सुन रही थीं, पूरा मौसम तरबतर था और गाना बज रहा था 'खोया-खोया चाँद'।"

"तुम्हें याद है गाना?"

"मुझे तो ना-अम्मी ने गाने पर जो गाली दी थी तुम्हें, वो भी याद है अब तक।"

"बको मत।" राहिला ने मुस्कुराकर कहा।

"पहले तो मैं सोचता था कि उस दिन जो तुमने खोया बनाया था, उसके बिगड़ने पर नाराज़ होकर ना-अम्मी ने गाली दी तुमको।"

अमू की इस बात पर राहिला महीनों बाद ठठाकर हँसी थी, हँसी के रुकते-रुकते दर्द उसके चेहरे पर सिमट आया।

"तुमने हॉस्पिटल के बारे में बताया नहीं अमू।"

"हाँ, रिपोर्ट्स देखकर डॉक्टर ने दूसरे डिपार्टमेंट में भेजा था। इस डॉक्टर ने रिपोर्ट्स देखकर कुछ टेस्ट लिखे हैं, कल कराने चलेंगे। इनकी रिपोर्ट्स के बाद एक टेस्ट सोमवार को दिल्ली में होगा। उसकी रिपोर्ट आने के बाद फिर मंगल को डॉक्टर तैफ़ देखेंगी तुमको। वहाँ की सीनियर डॉक्टर हैं वह।"

"तुम मिले उनसे?"

"नहीं, जूनियर डॉक्टर से मिला था। उसी ने कहा ये सब।"

"ये किस चीज़ के और ज़्यादा टेस्ट करा रहे हैं। कुछ बताया उन्होंने उन्हें क्या लगता है?"

"नहीं, ऐसा तो कुछ बताया नहीं कि अभी क्या लगता है उन्हें। डॉक्टर कह रहा था कि यहाँ वाले दोनों हॉस्पिटल्स की रिपोर्ट्स में कोई तालमेल ही नहीं है, इसी कारण नये टेस्ट्स के रिज़ल्ट्स से पता करना चाहते होंगे कि क्यों इतना दर्द रहता है पेट में।"

"क्या उन्हें कुछ शुबहा हो रहा?" राहिला ने पूछा।

माँ के प्रश्न पर वह कुछ असहज हुआ कि उसे कैसे बताए कि वह किस डिपार्टमेंट में उसकी रिपोर्ट्स दिखाकर आया है, किस डॉक्टर से मिलकर आया है और डॉक्टर को कैसा और क्या शुबहा है। उसने फ़ौरन ही ख़ुद पर काबू कर लिया ताकि राहिला को फ़िलवक़्त कोई भनक नहीं पड़े।

"नाऽऽऽ, ऐसे ही पैसे बनाने के लिए लिख दिये होंगे दो-चार टेस्ट ज़्यादा। हॉस्पिटल्स का हिसाब तो तुम जानती ही हो। वह कभी दूसरी जगहों की रिपोर्ट्स के लिए यह नहीं कह सकते कि वे ठीक हैं, उन्हें अपनी लैब्स भी तो चलानी होती हैं। सब पैसे के लिए कराया जाता है और कोई बात नहीं है।" कहकर उसने माँ के कन्धे पर सर रख दिया।

राहिला ने डॉक्टर तैफ़ को देखा उम्र में लगभग उसी के बराबर, साल भर बड़ी या छोटी होगी पर चेहरे पर ऐसा रौब था जो अपने काम में माहिर लोगों में अक्सर दिख जाता है। उसकी मेज़ पर राहिला की रिपोर्ट्स फैली हुई थीं, उसने उन रिपोर्ट्स को देखा और फिर उन लोगों से मुख़ातिब होकर कहा—

"मैं आपको बता दूँ कि मैं ओंकोलॉजिस्ट हूँ तो ओंकोलॉजी के

रेफ़रेंस से आपका पूरा केस मेरे ही अंडर होगा और गायनिक एडवाइस के लिए डॉ. सौम्या हमारे साथ रहेंगी। मुझे इन रिपोर्ट्स की कुछ चीज़ें उनसे डिस्कस करनी हैं पहले। मैं उन्हें दिखा दूँ एक बार रिपोर्ट्स फिर आकर आप लोगों से बात करती हूँ तब तक आप लोग बाहर बैठ लीजिए, थोड़ा वेट कीजिए।" कहकर डॉक्टर उठी और रिपोर्ट्स लेकर बाहर निकल गई।

बरामदे में पड़ी एक बेंच पर वे तीनों डॉक्टर की वापसी के इन्तज़ार में बैठे हुए थे। राहिला ने अमू से कहा कि वह सामने वाली बेंच पर जाकर बैठ जाए, उसे थकान लग रही है तो वह लेटना चाहती है। अमू के वहाँ से उठने के बाद उसने बेंच पर लेटकर रौशन की गोद में सर रख लिया। उसकी आँखें बन्द थीं और रौशन धीरे-धीरे उसके माथे को सहला रही थी।

"पर्दा अब गिरने वाला है रो-अम्मी, मुझे भियास रहा है।" उसने रौशन से कहा।

"तुम्हें तो हमेशा फ़िज़ूल चीज़ें ही भियासती हैं। आज तक कभी किसी काम की चीज़ का आभास हुआ है, हमेशा बकवास ही सूझती है तुम्हें।" रौशन बोली।

राहिला ने रौशन की आवाज़ में उतर आई नमी को महसूस कर, करवट बदल अपना मुँह उसकी गोद में छुपा लिया। अमू को मन में कहीं इस दृश्य से जलन हुई। राहिला के लिए रौशन की गोद जितनी आसन थी अमू के लिए राहिला की गोद उतनी ही मुश्किल, हालाँकि

अब कुछ चीज़ें बेहतर हुई थीं उनके बीच, पर उसे इससे ज़्यादा की माँग थी। जब डॉक्टर वापस लौटी तब तक राहिला एक नींद लेकर उठ चुकी थी और उसके चेहरे पर कुछ देर पहले की झलकती हुई थकान में कमी थी। राहिला ने देखा कि डॉक्टर के साथ एक अट्ठाईस-उनतीस साल की लड़की थी।

"सॉरी, आपको वेट करना पड़ा। हम आपकी रिपोर्ट्स ही डिस्कस कर रहे थे इतनी देर तक।" डॉ. तैफ़ ने साथ आई लड़की की तरफ़ इशारा करके कहा, "ये डॉ. सौम्या हैं हमारी गायनिक। आप बच्चे को यहीं बैठा रहने दें, लेट हिम वेट हियर। हम अन्दर चलकर बात करते हैं।"

"नो, इट्स फ़ाइन...ही इज़ इन्वॉल्व्ड इन दिस।" राहिला ने कहा।

डॉक्टर ने एक सेकंड के लिए उसे देखा और फिर केबिन में घुस सीट पर बैठते हुए कहा।

"इन रिपोर्ट्स के बाद हमको कुछ चिन्ता की बात तो लगती है, कुछ डाउट्स है पर उनके क्लीअरेंस के लिए डॉ. सौम्या को आप से कुछ और इनफ़ॉर्मेशंस चाहिए होंगी।"

"जी।"

"ये डिस्चार्ज वाली प्रॉब्लम कितने टाइम से लग रही है आपको?" डॉ. सौम्या ने पूछा।

"ऑलमोस्ट चार-साढ़े चार महीने होने को आए।" राहिला बोली।

"रूटीन सायकल में कोई बदलाव महसूस किया हो आपने...कि उस दौरान फ्लूइड डिस्चार्ज कैसा रहता है।"

"अगर कोई और चेंज हुआ होगा तो मुझे ऑनेस्टली कुछ आइडिया नहीं।"

"डाइट कैसी है आपकी?"

“भूख तो बहुत कम लगने लगी है...खाने का मन ही नहीं करता कुछ।”

रौशन ने देखा कि डॉ. तैफ़ इस बातचीत के नोट्स बना रही थीं। उसने अपना ध्यान वापस राहिला की तरफ़ कर लिया।

“क्या पैरों में, लोअर बैक में दर्द रहता है। कभी-कभी होता है या लगातार।”

“बहुत होता है और कंटिन्यू रहता है। ज़्यादा देर खड़े होने में अब इरिटेशन होने लगती है।” उसने जवाब दिया।

“आप कभी एस्ट्रोजन या किसी और हॉरमोन रिप्लेसमेंट की दवा पर रही हैं।”

“नाम तो नहीं याद मुझे पर अपनी डिलिवरी के टाइम कुछ वीक्स के लिए आई वाज़ ऑन सम हॉर्मोनल मेडिसिन।”

“क्या गायनिक ने प्रिस्क्राइब्ड की थीं आपको मेडिसिन? डिलिवरी को कितना टाइम हुआ, बच्चा कितना बड़ा है आपका?” डॉ. सौम्या ने पूछा।

“हाँ, कॉम्प्लीकेशंस थे तो डॉक्टर ने ही दी थी, कुल तीन हफ़्ते का कोर्स था। इसके ही बर्थ के टाइम की बात है...ही इज़ ऑलमोस्ट सेवेनटीन।” राहिला ने अमू की तरफ़ इशारा कर कहा।

राहिला के जवाब पर डॉ. सौम्या ने डॉ. तैफ़ को देखा। आँखों ही आँखों में कुछ कहा और फिर डॉ. तैफ़ दुबारा राहिला से मुख़ातिब हुईं।

“देखिए, ये बीमारी जिसका डाउट हमें है वह असल में मेनोपॉज़ की प्रोसेस और ज़्यादातर पोस्ट-मेनोपॉज़ के दौरान डेवलप होती है। आपके एज-ग्रुप में देखने को कम मिलती है ये बीमारी। अमूमन फ़िफ़्टी प्लस की लेडीज़ में होने के ज़्यादा चांसेस होते हैं इसके। फ़ैमिली में जेनेटिकली अगर लेडीज़ में ओबेसिटी की प्रॉब्लम हो या क्लोज़ फ़ैमिली

में किसी फ़िफ़्टी प्लस लेडी को यूट्रस कैंसर रहा हो तो कभी-कभी कुछ और मेम्बर्स में अर्ली एज में होने के चांसेस बढ़ जाते हैं।"

"एक्चुअली आई वाज़ एन अडॉप्टेड चाइल्ड तो मेरा जेनेटिक बैकग्राउंड क्या होगा इसका मुझे कोई आइडिया नहीं है। बट आई नो फ़्यू रिलेटिव्स, आई कैन आस्क देम कि उनकी फ़ैमिली में ऐसा कोई केस रहा है क्या कभी। आपको मेरे लिए भी इसी कैंसर का शक लग रहा है?" राहिला ने तैफ़ से पूछा।

"अक्सर तो ये अर्ली स्टेज पर डिटेक्ट हो जाता है तो ट्रीट करना बहुत आसान होता है, फिर भी कुछ केसेस में रिस्क रहता है। मैं आपको कोई फ़ॉल्स होप नहीं दूँगी, हमको चांसेस लग रहे हैं पर श्योरिटी के लिए हम दो टेस्ट और कराना चाहते हैं।"

"कौन से?"

"हिस्टेरोस्कोपी और बायोप्सी।"

"ये दोनों टेस्ट होते क्या हैं?" बहुत देर से ख़ामोश बैठी रौशन ने पूछा।

"पहले टेस्ट में तो एक टेलिस्कोप से अन्दर देखेंगे की यूट्रस लाइनिंग में कहीं कोई ऐब्नॉमलिटी तो नहीं है और दूसरे में अन्दर से इसी लाइनिंग का कुछ टुकड़ा लेकर टिश्यू कल्चर के लिए भेजा जाएगा, जिससे हमको एग्ज़ैक्ट आइडिया लग सके कि ट्रीटमेंट को आगे कैसे बढ़ाना है।" डॉक्टर ने कहा।

"फिर भी डॉक्टर, फ़ाइनल कोर्स ऑफ़ ऐक्शन क्या रहेगा?"

डॉक्टरों के पास कभी-कभार ऐसे मरीज़ आ जाते हैं जो अपनी बीमारी में भी साहस को थामे रहते हैं, और जिनके ऑरा से डॉक्टर्स मुतास्सिर हुए बिना नहीं रहते, और राहिला भी उन्हीं में से एक थी। अब तक की बातचीत में उसे डॉक्टर ने एक पल के लिए भी विचलित नहीं

देखा था। कुछ-एक सेकंड्स की चुप्पी के बाद डॉक्टर ने उसके सवाल का जवाब दिया।

"अभी तो इन टेस्ट्स के बाद देखते हैं कि क्या फ़ाइंडिंग्स निकलती हैं, दवाइयाँ तो चलेंगी ही और फ़ाइनली बेस्ट एडवाइस तो रिमूवल की ही रहती है।"

"तो अभी ही क्यूँ नहीं निकाल सकते।" रौशन ने पूछा।

"नहीं, ऐसे हो नहीं सकता...इतने आसान नहीं होते हैं ऐसे डिसीज़न। हर चीज़ का शरीर पर असर पड़ता ही है तो हम इतनी जल्दी किसी भी चीज़ पर जम्प नहीं कर सकते। पहले इन टेस्ट्स की रिपोर्ट देखी जाएगी कि क्या निकलता है। पहले पता तो चले कि कैंसरस है भी या नहीं, तब सोचेंगे कि यूट्रस रिमूव करें या नहीं। और उसके लिए भी पहले हमको ब्लड के थ्रू 'सीए125' का टेस्ट कराना पड़ेगा और उसकी मॉनीटरिंग करनी होगी।"

"ये क्या है?" राहिला ने पूछा।

"ये एक तरह का प्रोटीन है जिसे यूट्रस की कैंसर सेल्स प्रोड्यूस करती हैं। इसकी मॉनीटरिंग से ट्रीटमेंट में सर्जरी से पहले कौन से इमेजिंग टेस्ट कराने होंगे वह डिसाइड होता है, और इन सबसे हमें आगे का ट्रीटमेंट तय करने में हेल्प मिलती है। अगर ऑपरेट करना भी होगा तो मैं सजेस्ट करूँगी कि आप अपने होम टाउन में ऑपरेशन कराएँ, यहाँ तो बहुत लम्बी वेटिंग है, डेट मिलने में वक़्त लगेगा।"

दिल की वादी में धुआँ उठा...फिर बुझ गया

राहिला छत पर मुँह ढक के ऐसे लेटी हुई थी कि दुपहर की सुस्त धूप चेहरे को छोड़ बाक़ी पूरे शरीर पर पड़ती रहे। अमू वहीं पास में चटाई पर औंधा लेटा हुआ था और रौशन उसके पैरों की फटी उँगलियों में गोले का तेल लगा रही थी। बचपन से ही उसके पैरों की उँगलियाँ सर्दियों में सूज जाया करती थीं, छिल जाया करती थीं। दूर से देखने पर यह एक सामान्य परिवार के सामान्य दिन का सामान्य दृश्य लग सकता है पर ऐसा है नहीं, इस दृश्य में जितने भी रंग हैं उदास गहरे हैं। कथा में जितने भी किरदार हैं सब बेचैन हैं। वे अपनी-अपनी बेचैनी को साथ वाले से छुपाकर ऐसे चल रहे हैं कि चेहरे पर पड़ा बेफ़िक्री का पर्दा न सरके और सब ढका-छुपा रहे, जबकि उन्हें एक-दूसरे के दिलों का हाल मालूम है।

"भई, तुम सारा दिन यूँ ही पड़े-पड़े गुज़ार दोगे क्या? बहुतेरी फ़ुर्सत है तुम्हें! ट्वेल्थ के बच्चे इतना समय ज़ाया कर सकते हैं कहीं! उठो, नीचे जाकर पढ़ने बैठो। केमिस्ट्री का कोई चैप्टर तैयार करो, मैं आकर

घंटे भर बाद देखूँगी।" राहिला ने करवट बदल अमू से कहा।

वह चुपचाप उठा, चटाई समेटी और नीचे अपने कमरे में चला गया।

"तुम उसे साँस लेने दिया करो बिन्नी, हर वक़्त की टोका-टाकी सही चीज़ नहीं। सारा दिन तो पढ़ता रहता है लड़का। थोड़ा फ्री टाइम तो मिलना ही चाहिए, हर वक़्त किताबों में घुसे रहना हो पाता है कहीं।" रौशन बोली।

"उसका वैसे भी इन दिनों कितना टाइम वेस्ट हो रहा है टेस्ट-रिपोर्टों के चक्कर में। पढ़ाई में व्यस्त रहेगा तो उसके दिमाग़ में बाक़ी टेंशंस के लिए जगह नहीं रहेगी। फिर यूँ भी हार्ड वर्क के अलावा कोई और रास्ता है उसके पास आगे बढ़ने को, कोई प्रिव्लेज़ थोड़ी मिलने वाला है उसे कहीं से।" राहिला ने जवाब दिया।

"बिन्नी, रिपोर्ट का पता किया, कब तक आएगी? दो हफ़्ते होने आए दिल्ली से लौटे।"

"कल-परसों तक आ जाएगी, पता किया था डॉक्टर से। अमू परसों अपना इग्ज़ाम देकर जाएगा।

"तुम जॉब का क्या सोच रही हो।"

"रिज़ाइन की बात की थी पर प्रिंसिपल कहती हैं कि ब्रेक ले लो, अब तक की जो ग्रेच्युटी है, वह मिल जाएगी फिर बाद में नये सिरे से जॉइन करवा लेंगी।"

उतरती धूप उन्हें पार कर ज़ीने की दीवार के पीछे सरक गई, हवा में ठंड बढ़ने लगी थी। राहिला ने शॉल खोलकर पैरों पर डाल रौशन से कहा—

"तुम्हें उन लोगों से मेल-जोल नहीं शुरू करना चाहिए था।"

"किनसे?"

"तौफ़ीक़ की फ़ैमिली से, उन लोगों ने तुम्हारा पूरा जीवन उलट-पुलट के रख दिया।"

"वे लोग तो रहे ही नहीं, अब मन में कुछ रखकर क्या फ़ायदा होना। किसी को तो पुल जोड़ने ही थे...उज़्मा ने फ़ोन किया तो ठीक है जुड़ गई बात। बीती बातों को कितने सालों तक पकड़कर रखा जा सकता है कभी तो हाथ छोड़ना ही पड़ेगा। अब तो मुझे उन लोगों के चेहरे भी याद नहीं आते बिन्नी। न माँ-बाप के न किसी और के...उस दिन उज़्मा में देर तक ढूँढ़ती रही उन सबको कि किसी की झलक ही दिख जाए पर मेरा दिमाग़ एकदम ब्लैंक रहा। मुझे पता है कि एक बार जाने से पहले सबके चेहरे मेरी इन आँखों के सामने से गुज़रेंगे, कहते हैं न कि जाने से पहले पूरी ज़िन्दगी एक बार आती ही है आँखों के आगे। फिर अगर मेरी ज़िन्दगी में उलट-पुलट हुई तो उसमें अब क्या कर सकते हैं, जो होना था सो हो-हवा गया पर इस सबमें कुछ बातें बहुत भली भी हुईं... मुझे तुम मिलीं, अमू आया हमारे जीवन में। इससे सुन्दर और क्या होता मेरे साथ! जीवन में जो भी सुन्दर बचे उसे बार-बार पुचकारना चाहिए।"

राहिला समझ रही थी कि रौशन की इस बात में क्या इशारा छुपा था। वह उठी और रौशन को गले से लगा लिया।

"माया को ख़बर कर दो बिन्नी, इतने सालों तक रूठा-मटकी अच्छी बात नहीं।"

"कोई औचित्य है उन्हें बताने का, सोलह-सत्रह सालों बाद कॉन्टेक्ट करने की क्या ज़रूरत है।"

"कोई तो आगे बढ़ पुल पार करने के लिए पाँव बढ़ाएगा ही...तुम ही पहल कर लो, कुछ बिगड़ेगा थोड़ी।" रौशन ने कहा।

सालों के वक़्फ़े को लाँघकर 'सहन रौशन आरा' से माया को राहिला की जो चिट्ठी गई, वह उसकी भेजी आख़िरी चिट्ठी थी—

माया मासी,

कैसी हैं आप? आज कितने सालों बाद आपको चिट्ठी लिख रही हूँ। मुझे याद है जब मैंने आपको पहली चिट्ठी लिखी थी तब मैं ख़ुद कोई सत्रह के आसपास की रही होऊँगी और देखो तो आज मेरा लड़का ही सत्रह का होने वाला है; आप ख़ुद भी तो इकसठ की होने आई होंगी। मैंने अपनी पिछली चिट्ठी में आपको लिखा था कि जवाब देना पर आपकी तरफ़ से तब कोई जवाब नहीं आया। इसीलिए इतने सालों तक झिझककर मैं आपको फिर कभी कुछ लिख ही नहीं पाई। ख़ैर, इस शिकायत में अब क्या रखा है। आपका और नोनी मामा किसी का नम्बर नहीं है मेरे पास वरना मैं फ़ोन ही करती सीधे, सो बहुत ज़रूरत पड़ने पर ये चिट्ठी लिख रही हूँ।

कुछ महीनों से मेरी तबीयत ठीक नहीं है। मुझे पिछले महीनों यूट्रस रिलेटेड प्रॉब्लम्स डेवलप हुई हैं जो डॉक्टर्स को चिन्ता की बात लगती है। डॉक्टर्स ने कुछ टेस्ट तो किये हैं और उन्हें संशय है कि ये कैंसर हो सकता है, और सम्भवत: लेट स्टेज पर हो। पिछले कई महीनों से भूख बिलकुल ख़त्म सी हो गई है, और रह-रह कर थकान के साथ कमर और पैरों में एक अजीब सा दर्द बना रहता है। इनके साथ और भी जो सिम्पटम्स डेवलप हुए हैं उन्हें देखकर, डॉक्टर्स को

इसके एडवांस स्टेज में होने का डर है। वैसे तो मेरी एज और बाक़ी चीज़ें रिस्क फ़ैक्टर में नहीं आतीं सिवाय इसके कि अमू के होने के वक़्त मेरी कुछ दिनों तक हॉर्मोन रिप्लेसमेंट की दवाएँ चली थीं जिन्हें पोस्ट-डिलीवरी बन्द कर दिया था। इस पूरे रिस्क फ़ैक्टर में एक यही चीज़ क्लियर मालूम है हमें और बाक़ी चीज़ों के लिए मुझे आपसे पता करना है। क्या मम्मी की तरफ़ आप लोगों की फ़ैमिली में कोई यूट्रस कैंसर का केस रहा हो कभी या कोई जेनेटिक मोटापे की टेंडेंसी हो लेडीज़ में? अगर ये इनफ़ॉर्मेशन मिल जाए तो डॉक्टर्स कहते हैं कि उन्हें बैकग्राउंड समझने में आसानी रहेगी। वैसे डॉक्टर्स अभी बायोप्सी की रिपोर्ट का इन्तज़ार कर रहे हैं, उसके बाद उन्हें क्लियर आइडिया लगेगा कि एक्चुअल कंडीशन क्या है। उनकी फ़ाइनल सलाह तो यूट्रस निकलवाने की ही होनी चाहिए, चाहे बायोप्सी में ये संशय मिटे या न मिटे। हालाँकि मुझे इसके बाद भी बहुत राहत की उम्मीद नहीं लगती है। अपने अन्दर की आवाज़ें सबसे पहले हमको ख़ुद ही सुनाई पड़ती हैं और मेरे अन्दर की आवाज़ मुझे कहती है कि अब बहुत देर हो चुकी है; एक पूरा समन्दर ठठाकर मुझे निगलने को आगे बढ़ा आता है। पहले यहीं मेडिकल कॉलेज में दिखाया था पर यहाँ कुछ क्लियर नहीं हुआ तो सब टेस्ट, इलाज अब दिल्ली का चल रहा है। रो-अम्मी इस साल इकहत्तर की हो जाएँगी और अगर मुझे कल को कुछ हो गया तो मेरे बाद या रो-अम्मी के बाद मेरे अमू का क्या बनेगा, एक ये ही बात सबसे ऊपर

मुझे परेशान कर रही है। लड़का बहुत सीधा है मेरा, मुझसे बिलकुल अलग। उसे जबसे पता चला है मैंने एक बार भी आँख भरी नहीं देखी उसकी। जब इत्ती हिम्मत इत्ती कम उम्र में दिखाता है तो मुझे डर लगने लगता है। ख़ूब हुनरमन्द है, ख़ूब मेहनती भी है जो भी काम बताओगे झट से करने में जुट जाएगा। पढ़ने में भी ख़ूब इंटेलीजेंट, ख़ूब ज़हीन है; इस साल इंटर का इग्ज़ाम देगा और अच्छे परसेंटेज से पास भी करेगा इसका मुझे भरोसा है, तो आप बस देखे रहना कि किसी वजह से पढ़ाई बन्द न हो इसकी। रास्ता बनाए रखना कुछ इसके लिए, आगे तो ये ख़ुद ही बढ़ता जाएगा अपने आप। एक बार मेरे लिए भी आपने ऐसी ही बात कही थी, ऐसा ही हाथ बढ़ाया था, बस उसी को याद रख मेरे लड़के को थामे रहना। आगे जाने क्या हालात बनें कोई आइडिया नहीं मुझे, और लगभग मेरी सारी सेविंग्स इधर इलाज में ख़त्म हुईं, इसीलिए आपसे ये बात कह रही हूँ।

तलजीत

लौटते कोरियर से माया ने एक चेक और बात करने के लिए तीन-चार लोगों के मोबाइल नम्बर इस ताक़ीद के साथ भेजे कि कोरियर मिलते ही सबसे पहले राहिला से बात कराई जाए।

राहिला की बायोप्सी के रिज़ल्ट के बाद जब ये तय हुआ कि उसकी

सर्जरी करनी ही पड़ेगी तो उसने आगरा में सर्जरी कराना चुना। ऑपरेशन के बाद, घर आने पर कोई तीन महीने तक उसकी तबीयत ठीक रही उसके बाद धीरे-धीरे बिगड़नी शुरू हुई और एक दिन ऐसी बिगड़ी कि उसे आनन-फ़ानन में दिल्ली ले जाया गया। अमू बार-बार डॉ. तैफ़ के चेहरे पर आए तनाव को पढ़ने की कोशिश कर रहा था। डॉ. तैफ़ ने राहिला की रीसेंट रिपोर्ट्स को पढ़ा, उलझन में आकर कमरे में दो-तीन चक्कर लगाए और फिर उससे पूछा—

"कीमो क्यों नहीं कराई सर्जरी के बाद?

"डॉक्टर ने ऑपरेशन के बाद कहा कि सब ठीक है और किसी चीज़ की ज़रूरत नहीं अब। हम तो रूटीन चेक-अप के लिए गए थे तब उन्हें कुछ डाउट हुआ तो ये टेस्ट्स हुए पर कीमो तब भी एडवाइस नहीं की।" अमू एक साँस में बोल गया।

"ऐसा कौन डॉक्टर था भला जिसने कैंसरस पार्ट को ऑपरेट किया और कीमो एडवाइस नहीं की, तबेले में पहुँच गए थे क्या? किसी झोला-छाप से कराई थी क्या सर्जरी?" डॉ. तैफ़ ने झुँझलाकर कहा।

"अब क्या करना होगा? अमू ने पूछा।

"पहले तो तुरन्त कीमो शुरू करेंगे और फिर देखते हैं नेक्स्ट कोर्स ऑफ़ ट्रीटमेंट क्या होगा।"

इलाज के नये सिरे से शुरू होने पर उसकी हालत में सुधार तो था पर ये सुधार आगे बना रहेगा या नहीं, इसका जवाब फ़िलहाल किसी के पास नहीं था। रौशन जब-जब अकेली होती, रोती रहती और अमू ने अपने ऊपर चुप्पी का खोल चढ़ा लिया था। डॉक्टरों से बात करने के अलावा वह बाक़ी सब बातों का जवाब 'हूँ-हाँ' में ही देता था।

रौशन ने महसूस किया कि डॉक्टर के चेहरे पर तनाव बना हुआ था उसने राहिला की तरफ़ देखा, वह सो रही थी। कल की कीमो के बाद से चेहरे पर थकान है। हालत कभी सुधरी हुई लगती तो कभी डाँवाँडोल। पिछली तीन बार की कीमो के बाद उसकी तबीयत बेहतर लग रही थी पर अब डॉक्टर्स आते हैं, जाते हैं, जाने क्या गुपचुप बातें करते रहते हैं, रौशन को कुछ समझ ही नहीं आता। जब डॉक्टर विज़िट के बाद कमरे से बाहर निकला तो रौशन ने अमू को आँखों ही आँखों में बाहर चल डॉक्टर से बात करने का इशारा किया। वह उठा, पैंट की जेब से मोबाइल निकाल धीमी आवाज़ में गुरुबानी चला, राहिला के सिरहाने रख बाहर निकल आया।

"आप कुछ टेंस लग रहे हैं सर, कुछ परेशानी की बात है क्या?" उसने डॉक्टर से पूछा।

ये राहिला का नया डॉक्टर था, उसे लड़के से बात करना ठीक नहीं लगा।

"आपके साथ कोई बड़ा नहीं है क्या जिससे बात की जा सके।" वह बोला।

"ये मरीज़ का बेटा है और मैं माँ हूँ उसकी, आप बताइए क्या बात है?" रौशन ने अमू के पीछे खड़ी होकर कहा।

"कोई और हो तो? कोई मेल मेंबर।" डॉक्टर ने कुछ ज़ोर दिया।

"अरे! आप हमें ही बताइए, कोई और नहीं है।" रौशन झल्ला के बोली।

"देखिए, अभी तक थोड़ा इम्प्रूवमेंट लग रहा था। पर कल से हालत उतनी ठीक नहीं लग रही। कल रात नर्स ने ब्लीडिंग भी रिपोर्ट की थी और हमें सुबह की जाँच में ब्लॉकेज का शक लगता है।" डॉक्टर ने कहा।

"इसका मतलब?" अमू ने पूछा।

"इट मीन्स हमें डाउट है कि कीमो के बाद भी कैंसर ने तेज़ी से फैलना शुरू कर दिया है, और जैसे-जैसे फैलेगा वैसे-वैसे अन्दर ब्लॉक करता जाएगा।"

"डॉक्टर साब...ऑपरेशन कर यूट्रस तो निकलवा दिया था, उसके बाद भी ये।" रौशन ने कहा।

"कुछ केसेस में ऑपरेट करने के बाद भी बीमारी का कुछ अंश छुपा रह जाता है जो कभी-कभी पलटकर लौट आता है, फिर आप लोगों ने लापरवाही भी तो कितनी की है। अगर तबीयत ठीक लगी तो हम कल या परसों एंडोस्कोपी करके देखेंगे।"

"ये क्या होता है डॉक्टर साब।"

"उनके गले से नली डालकर देखेंगे कि कहाँ तक फैल गया है और ख़ून कहाँ से रिस रहा है।" डॉक्टर ने कहा और वहाँ से चला गया।

"बिन्नी, मेरी आरज़ू है कि अब तुम घर चलो तो तुम्हारे हाथों अबुलला पर चादर चढ़वा दूँ और गुरुद्वारे में भोग लगवा देंगे, बस तुम ना-नुकर मत करना।" रौशन ने अगली सुबह राहिला से कहा।

"अव्वल तो आरज़ू जैसी न पूरी होने वाली किसी चीज़ को दिल में पनाह देती ही क्यों हो तुम। दिल ने किसी तमन्ना को जगह दी तो उसे किनारे बैठ पानी की तेज़ लहरें गिनने को तैयार रहना चाहिए, डूबने को तैयार रहना चाहिए। आरज़ुओं के बादल अक्सर वीरान बस्तियों पर मँडलाते रहते हैं, बरस जाते हैं। जिन बस्तियों में लोग नहीं रहते, जिन बस्तियों में खँडहर हों, जो बस्तियाँ बंजर हों, जिनमें एक हरा पत्ता भी न हो वहाँ पानियों का बरसना बेकार है। आरज़ू को वहीं पनाह माँगनी चाहिए जहाँ की ज़मीनों को भिगोकर हरा-भरा करने की क़ुव्वत हो, वरना बेमक़सद बहने वाले पानी गहराइयों में डूब ही जाते हैं। तुमको लगता है कि यहाँ से अब वापस जाया जा सकेगा। मेरे पेट में लगातार भट्टी जल रही है रो-अम्मी, हर वक़्त लगता है कोई पानी के छींटे मारता रहे। बहुत जलन है, मेरे पेट पर गीला कपड़ा रख दो रो-अम्मी।" उसने कहा।

"अरे, क्या अंट-शंट बक रही है। रुक, मैं डॉक्टर बुलाकर लाऊँ।" रौशन ये कह बाहर की तरफ़ भागी।

जब वह डॉक्टर के साथ लौटी तब तक राहिला नींद में जा चुकी थी। अमू कैंटीन तक गया था। वह भी उन्हीं के साथ-साथ कमरे में दाख़िल हुआ।

"क्या कह रही थीं?" डॉक्टर ने सवाल किया।

"कह रही थी कि पेट में भट्टी-सी जल रही है, बहुत जलन हो रही है।" रौशन ने जवाब दिया।

"हम कल इनकी एंडोस्कोपी शेड्यूल कर रहे हैं। कोशिश तो यही रहेगी कि ऑपरेट कर ब्लड ओपनिंग को क्लोज़ कर सकें। वैसे मेरा सजेशन यही है कि अब आप इन्हें घर वापस ले जाइए और जितना

हो सके उतना पीसफुली रहने दें। मेरे अनुमान से आठ या मैक्सिमम नौ दिन हैं।"

"नहीं, जितने भी दिन हों पर हम अस्पताल में ही रखेंगे इसे, वहाँ देर-सबेर ज़रूरत पड़ी तो डॉक्टर कहाँ से आएगा।" रौशन ने तुरन्त जवाब दिया।

अगले दिन ऑपरेशन के लिए जाने से पहले उसने रौशन के भीगे चेहरे को देखकर कहा—

"अरे! रोते नहीं...ये तो एनेविटेबल है। ये तो होना ही है रो-अम्मी। इसमें रोकर क्या कर लिया जाएगा। अमू कहाँ है?"

"वह कुछ दवाई लेने गया है।"

"इसका बहुत खयाल रखना...बिलकुल चुप है, मुझसे ज़्यादा बात नहीं कर रहा। देखना इसके भीतर कोई दर्द न गाँठ मार ले। कभी रोये तो रोने देना, रोकना मत, निकलने देना सब जमा हुआ। मैंने इसके लिए एक बैगनी रंग का क़मीज़ का कपड़ा लेकर रखा है, मेरी अलमारी में है, इसकी सालगिरह पर बनवा देना।"

"अच्छा, बेटा रो ले तो ठीक पर माँ के रोने से क्या हो जाएगा, उसका जमा हुआ नहीं निकलना चाहिए। क़मीज़ तुम ख़ुद बनवा लेना अपने आप घर चलकर।" रौशन ने उसका माथा चूमते हुए कहा।

"तुम उससे बड़ी हो न इसलिए। अच्छा, लाओ अपना हाथ मेरे होंठों के पास ले आओ रो-अम्मी।"

नर्स आई, उसे तैयार किया और ऑपरेशन के लिए ले गई। उसने

डॉक्टर के उलझन भरे चेहरे को देखा और कहा—

"आप अपना काम कीजिए डॉक्टर साब, अब जो होना है सो होगा ही। सब ऐसे ही जाते हैं दर्द में, किसी के जाने के लिए सीढ़ी थोड़ी लगती है कि फटाफट चढ़ जाओ। एक बात और...बहुत लम्बा चलाये रखने के लिए सपोर्ट पर ना डालिए मुझे। तकलीफ़ बहुत ज़्यादा न खींचिए। आराम से जाने दीजिएगा।"

कोई ढाई-तीन घंटे के बाद डॉक्टर बाहर आकर रौशन और अमू से मिला।

"होपफ़ुली सक्सेसफ़ुल है ऑपरेशन। इतना ब्लॉकेज था कि जहाँ से रिसाव हुआ होगा वह जगह हमें दिखी ही नहीं, फिर भी अनुमान से उस जगह के सबसे नज़दीक जाकर छेद बन्द करने की कोशिश की है। निन्यानबे परसेंट तो ज़ख़्म बन्द कर दिया है और बाक़ी एक परसेंट का चांस हमेशा बना ही रहता है। वैसे बहुत हिम्मती हैं आपकी लड़की माताजी। अन्दर इतना तूफ़ान मचा हुआ है पर चेहरे पर कोई शिकन नहीं, वेरी ब्रेव!" डॉक्टर ने कहा।

"रूम में कब आएँगी वह।" अमू ने पूछा।

"नहीं, हम उन्हें आई.सी.यू. में शिफ़्ट करेंगे। आप अब आई.सी.यू. के टाइमिंग में ही मिलिएगा। वैसे मैं अब भी सजेस्ट करूँगा कि घर में, परिवार में, या रिलेशन में कोई और भी मेल सपोर्ट हो तो उसे कुछ दिनों के लिए बुला लीजिए। बाक़ी मैं शाम के राउंड के बाद दुबारा मिलूँगा ही।" कहकर डॉक्टर आगे बढ़ गया।

"नोनी को फ़ोन करके यहाँ बुला लो अमू और माया को भी ख़बर दे दो, जो भी कहा है डॉक्टर ने सब बता दो।" रौशन ने अमू से कहा।

ऑपरेशन के तीसरे दिन तक ब्लॉकेज इतना बढ़ गया कि उसकी आवाज़ बन्द हो गई। एक घंटे की मुलाक़ात के मुकर्रर वक़्त में अमू और रौशन ही ज़्यादातर उसके पास रहते थे। नोनी कभी-कभार उसे पाँच-दस मिनट के लिए देखने चला जाता था। माया एक दिन आकर उसे देख गई थीं। जिस दुपहर माया आई थीं, उसी दिन सुबह वह बेहोशी में चली गई थी। जब तक दवाई का असर रहता तब तक तसल्ली होती वरना उसके बाद बेहोशी में भी छटपटाहट बनी रहती थी। दर्द की तेज़ी इतनी थी कि हाथ-पैर इधर-उधर पटकने से घायल न हो जाएँ इस वज़ह से उसके हाथ-पैर पलंग पर पट्टी से बाँध दिये थे कि दवा का असर ज़रा भी कम होने पर बेहोशी में भी कोई नुक़सान न पहुँचे। ये सिलसिला अगले चार दिन और चला।

"फ़ॉर्मेलिटीज़ पूरी कराइए रिसेप्शन पर जाकर।" नर्स ने आकर अमू से कहा।

अमू की आँखें अभी नींद के असर में ही थीं तो वह कुछ समझा ही नहीं। नोनी ने उसके कन्धे पर हाथ रखा और उसे हल्के से दबाते हुए बोला—

"वह गई बेटा...चल के काग़ज़-पत्री पूरी कर...घर लेकर चलें।"

रौशन ने अपनी गीली आँखों से देखा, अमू की आँखें अभी भी सूखी थीं। वह नोनी के साथ रिसेप्शन की तरफ़ मुड़ गया।

रौशन ने फ़ोन निकाला, किसी को मिलाया...वह रोती जा रही थी और कहती जा रही थी—

"सहन का नीचे वाला कमरा खोल के, धुलवा के तैयार रखना... शाम तक पहुँचेंगे..."

इस पार कोई पुल नहीं

राहिला के जाने के बाद एक तरह की चुप्पी ने 'सहन' में आकर अपनी जगह बना ली थी। अब उस घर में बस वही चीज़ें हो रही थीं कि जिनका होना किसी हाल में टल नहीं सकता था, जैसे कि दिन निकलता, रात होती, साँस चलती और उनके लिए बाक़ी सब कुछ रुका हुआ था। सपने के ख़त्म होने पर आँखों को पहले-पहल इस बात पर भरोसा नहीं होता कि जो देखा गया था, वह अब दुबारा कभी नहीं दिखेगा। वैसे ही अमू हैरान था कि राहिला की झलक भी नहीं मिलेगी अब उन्हें। अमू घर में बेमक़सद यहाँ-वहाँ घूमता फिर रहा था, वह बार-बार राहिला के कमरे में जाता, चीज़ों को देखता, छूता और फिर बाहर निकल आता। उसे यक़ीन ही नहीं आ रहा था कि अब इस घर में बस दो ही लोग रह गए हैं—वह और रौशन। वह जिसके होने से उसके अन्दर कहीं एक छुपा हुआ भरोसा था, एक सुकून था, अब उसके साथ नहीं है। दिन में धूप उसे बेचैनी से ढूँढ़ती, शाम को टकटकी लगाये चाँद उसकी राह तकता और इन्तज़ार करके वापस लौट जाता पर अमू घर में जाने कहाँ छिपा

था कि नज़र ही नहीं आता था। उनकी ज़िन्दगी में कुछ ऐसा था जो राहिला के जाने से पारे-सा बिखर गया था और जिसे वे दोनों समेटने की कोशिश में थे; उन्हें ये मालूम था कि इस तरह किसी एक जगह रुककर रहा नहीं जा सकता है सो धीरे-धीरे अमू ने ख़ुद को पढ़ाई में और रौशन ने रोज़मर्रा के कामों में उलझा लिया।

वह अपने कमरे के सामने दरवाज़े पर किताब खोलकर बैठा हुआ था और रौशन अन्दर राहिला के कमरे की सफ़ाई कर रही थी। उतरती धूप में रौशन की परछाईं उसकी किताब पर पड़ी पर उसका ध्यान जाने कहाँ था कि उसे पता ही नहीं चला कि रौशन कब से उसके पीछे आकर खड़ी है। रौशन ने देखा, वह अपनी उँगलियों के पोरों पर बार-बार कुछ गिन रहा था, पहले उसे लगा कि कुछ पढ़ाई की चीज़ गिन रहा होगा पर अचानक ये ख़याल आया कि कहीं यह तो नहीं गिन रहा है कि राहिला को गए कितने दिन हुए।

"क्या कर रहे हो अमू ?" रौशन ने उसे टोका।

"पढ़ रहा हूँ।"

"अच्छा, मैं एक बात कह रही थी।"

"क्या?" वह किताब पर झुके-झुके ही बोला।

"उज़्मा का फ़ोन आया था कल।"

"किसलिए?"

"बिन्नी के बारे में पता चला तो फ़ोन किया था।"

"अच्छा।"

"सुन, मैं सोच रही हूँ कि बिन्नी का कुछ पुराना सामान, गद्दा, चादरें, कम्बल और कपड़े-लत्ते जो आख़िर में इस्तेमाल किये थे उसने, किसी ज़रूरतमन्द को दे दें। अगर तुम कहो तो नये कपड़े उज़्मा को दे

दूँ।" रौशन ने झिझकते हुए कहा।

"दे दो...जो करना है कर लो मुझसे क्यों पूछ रही हो फिर वैसे भी मुझे थोड़े पहनने हैं जो कोई फ़र्क़ पड़ेगा, किसी को भी दो; और मैं मम्मी के कमरे में शिफ़्ट होने की सोच रहा हूँ। बड़ा कमरा है तो इग्ज़ाम्स में पढ़ने के लिए प्रॉपर स्पेस मिल जाएगा फिर मेरे कमरे में सारी रात सड़क से गाड़ियों की आवाज़ आती है तो शोर से कंसन्ट्रेशन में मुश्किल होती है।" वह रौशन से बोला।

रौशन जानती थी कि ये सब एक बहाना है असल में ऐसा करके वह अपनी बेचैनी को थामना चाह रहा है।

"ठीक है, मैं उसका कुछ एक्स्ट्रा सामान एक-दो रोज़ में स्टोर में रखवा दूँगी फिर कर लेना।"

"हटवाने की क्या ज़रूरत है? ऐसे ही रहने दो।"

"फिर तुम अपना सामान कहाँ लगाओगे पढ़ाई-लिखाई का, तुम्हारी स्टडी वाले सामान के लायक़ तो जगह बनानी ही पड़ेगी न।"

"जैसा ठीक लगे, बाक़ी उनकी टेबल वहीं रहने देना। सोच रहा हूँ उसे ही यूज़ करूँ पढ़ने के लिए।"

"पता है, तुम्हें बचपन में भी बहुत पसन्द थी वह मेज़। तुमको अब याद हो भी या नहीं पर जब तुम छोटे थे और बिन्नी जब घर पर नहीं होती थी तब तुम सारा वक़्त उसके कमरे में ही घुसे रहते थे। उसके स्कूल से लौटने से पहले तुमको कितनी मुश्किल से निकालना पड़ता था वहाँ से। तुम्हारे कारण उसके डर से मुझे उसके कमरे की दो-दो बार सफ़ाई करानी पड़ती थी, सामान सहेजकर रखना पड़ता था।"

"क्यों भला?"

"अरे! कौन उसकी चार बातें सुनता कि अमू ने मेरा ये सामान

कहाँ कर दिया, फलानी चीज़ बिगाड़ दी, ढिकानी ग़ायब कैसे हो गई, स्कूल की चीज़ें थीं तुम देख नहीं सकती थीं रो-अम्मी। मुझसे भले ही कुछ और ज़्यादा नहीं कहती पर ख़ुद तो घर में सारा दिन किचकिचाती फिरती सो बर्रैया के छत्ते में हाथ डालते कौन न घबराता!" रौशन ने कहा।

इस बात पर वह मुस्कुराता हुआ कमरे में घुस गया। आज कितने दिनों बाद रौशन ने अमू के चेहरे पर मुस्कान देखी थी।

उसके आसपास जीवन की इतनी किर्चियाँ बिखरी हुई थीं। इतने रेशे, इतने धागे पैरों के पास खुल के पड़े हुए थे कि वह एक बार चाहता तो किसी का भी सिरा पकड़ नया नक़्शा, नई तरतीब, नया ढाँचा ज़रा सी देर में ही खड़ा कर सकता था। और उन सभी उलझनों से, जालों से बाहर निकलकर एक ऐसी जगह आ सकता था जहाँ पत्थरों से टकराकर धूप हर ओर बिखरी होती। उसने इन सबसे बाहर निकलना मुकर्रर किया, सब चुना भी पर कुछ नया बनाने के लिए उसे पहले अपने आसपास ख़ाली जगह चाहिए थी सो उसने उन सब बिखरी हुई किर्चियों को, रेशों को लात मारकर और दूर तक छिटका दिया। दूर छिटककर भी ये किर्चियाँ उसके मन में छुपी रहने वाली हैं इस बात को वह बहुत अच्छे से जानता था।

उसके पास काग़ज़ों का एक पुलिंदा था। सफ़ेद काग़ज़ जो पीलिया का रोग लगाए बैठे थे और धीरे-धीरे ज़र्द हुए जा रहे थे। ये ज़र्द काग़ज़ उसकी दौलत थे, जिन्हें वह जब चाहता निकालकर देख लेता। इन ज़र्द

काग़ज़ों पर ज़ंग के रंग जैसे चमकदार लाल निशान उभर आए थे जैसे किसी की पीठ पर चकत्ते उभर आए हों।

उसने उदासी भरे दिनों में इन काग़ज़ों को बेतरह सूँघा था, बार-बार सूँघा था पर उनमें से कोई गंध नहीं पा सका। देर तक वह जाने किस आदिम गंध को, किसकी याद को, खोजता रहता पर उसके तईं कुछ ठीक-ठाक बैठता ही नहीं था। वह कई-कई दिनों तक इन काग़ज़ों को धूप में रख, दीवार के साये में बैठकर इन्तज़ार करता कि कहीं गर्मी से, धूप के तेवर से इनमें दबी हुई गंध का कोई सिरा फूट पड़े और वह जिस बेचैनी में खोया जा रहा है उससे पार पाए।

ख़ैर, बार-बार के इन नाटक-तमाशों से तंग आकर उसने एक दिन उन सब काग़ज़ों को 'सहन' की मुँडेर पर रख एक ठोकर से गली में बिखेर दिया। हवा में लहराते पुराने पीले काग़ज़ों में से ज़्यादातर तो नाली के काले पानी में डूब गए, कुछ उड़कर राधास्वामियों के आश्रम की चौखट तक जा पहुँचे; बस एक ही काग़ज़ हवा से उलट उसकी आँखों के सामने गुलमोहर के फूलों में जाकर टँक गया। सफ़ेद से पीले और पीले से मटमैले हुए उस काग़ज़ को वह देर तक देखता रहा और फिर थककर उसने वहाँ से आँखें घुमा लीं। माँ की बीमारी की रिपोर्ट्स, दवाइयों के पर्चे, टेस्टों की, इलाज की फीस की रसीदों को, उसके हाथ की छुअन से भीगे काग़ज़ों को ख़ुद से अलग करने के बाद महीनों से उसके मन की दबी गाँठ में एक हलचल हुई...जमा हुआ मवाद बूँद-बूँद रिसकर आँखों से निकलने लगा। हूक की हिचकियों ने उसे हिलक-बिलख के थाम लिया। अमू को पता ही नहीं था कि उसके अन्दर कहीं एक ऐसा सोता दबा हुआ है। वह बहुत देर तक रोता रहा, इतनी देर तक जब तक उसके अन्दर का सब पानी आँखों से बह नहीं गया, फिर भी

उसे लग रहा था कि उसका मन अभी ख़ाली नहीं हुआ, एक लहर बची हुई है जो किसी चट्टान के पीछे फँसी है। उसे अपने सर पर किसी का हाथ महसूस हुआ, उसने सर उठाया, रौशन उसके पास खड़ी थी और सूरज डूब रहा था।

"अरे ना-अम्मी, तुम ऊपर क्यों आईं आवाज़ लगा देतीं, मैं तो आ ही रहा था।" वह बोला।

"आवाज़ दी थी पर शायद पहुँची नहीं यहाँ, सो ख़ुद आ गई। नीचे चलो नोनी का फ़ोन आया था।" रौशन ने कहा।

"क्या?" उसने आँखें पोंछते हुए पूछा।

"बोल रहा था कि मिलने आएगा दो-चार रोज़ में।"

"किसलिए?"

"कह रहा था कि अब तो बारहवीं हो गई तुम्हारी सो आगे की पढ़ाई लखनऊ में माया के घर से कराने की सोच रहे हैं वो लोग। उसके पति की ख़ासी पहचान है तो अच्छी जगह एडमिशन मिल जाएगा।"

"मैं क्यों जाने लगा कहीं? यहाँ हमारे आगरे में अच्छी जगहें नहीं हैं क्या पढ़ने के लिए?"

"मैं क्या जानूँ, तुम ख़ुद ही पूछ लेना जब आए वह।"

जब वे सीढ़ियाँ उतर रहे थे तो उसने रौशन से पूछा।

"क्या उनकी आँखें नीली थीं?"

अँधेरे में पाँव बढ़ाते हुए वह एक पल को चौंकी, फिर सवाल समझ में आने के बाद उसने जवाब दिया।

"मैंने कभी उस लड़के को देखा नहीं। शादी की बात के अलावा बिन्नी ने मुझे कभी उसके बारे में कुछ और बताया नहीं, यहाँ तक कि लौटकर आने के बाद भी नहीं...एक लफ़्ज़ भी नहीं। लौटने के बाद भी उसने बस आगे क्या करना है वही बात की, जैसे पिछला कुछ था ही नहीं उसके पास बात करने के लिए। फिर हो सकता है शायद रही हों उसकी आँखें नीली, तभी तो बिन्नी को नीली आँखों वाले के सपने आते थे।"

"आपने उनसे कभी कुछ जानना नहीं चाहा?"

"हमारे चाहने से क्या होता है, क्या हो सकता था? वह बहुत ज़िद्दी थी। सब चाहना, मर्ज़ी उसकी थी कि कुछ बोलना-बताना है भी या नहीं। उसने कभी इस बारे में ज़िक्र करना ज़रूरी नहीं समझा...क्या तुम ही उससे कभी कुछ पूछ पाए बेटा? बिन्नी को लगता कि उस आदमी की पहचान हमारे लिए ज़रूरी है तो हर हाल में बताती और अगर नहीं बताया तो अब शिकवा करके क्या हासिल होना है, सिवाय इसके कि मन में जाने वाले के लिए शिकायत पैदा हो! हम जो जैसा चाहते हैं वैसा कभी उतना होता नहीं, कहीं न कहीं एक फाँक रह ही जाती है जो रह-रह कर दुखती रहती है। मुझे ये बात कितना टीसती है कि तुम्हारे पास वह थी पर तुम न जाने किस भलमनसाहत में अनोखे फ़रमाबरदार बेटे बने रहे कि उससे कभी कुछ पूछा ही नहीं। उसे ये न कह सके कि स्कूल के बच्चों से ज़्यादा उसके वक़्त के, अफ़ेक्शन के तुम हक़दार हो; और उसके पास तुम थे पर वह जाने किस गुमान में तुमसे गाफ़िल रही कि कभी कुछ बता ही नहीं पाई, हाथ पकड़कर अपने पास बिठा न सकी... जब उसने ऐसा करना चाहा, तब टाइम ही कहाँ बचा था उसके पास। वो माज़ी-पसन्द नहीं थी। अतीत को पकड़ बैठकर रोने वालों में से नहीं थी। अपने आज को जीने की, आज को पकड़े रहने की जो ज़िद होती

है इनसान में वह उसमें ख़ूब थी...फिर भी वह कहीं चूक गई, मुझे लगता है उसे हमसे कभी पिछली बातें करनी चाहिए थीं, ऐसा करने से उसका और हमारा जी कम दुखता।"

"मैं पूछना चाहता था पर बचपन में मुझे उनसे डर लगता था।" रौशन की बात पर अमू ने इतना ही कहा।

उसके बाद वह आगरा छोड़ शाहपुरा आ गया और फिर बाद में वहाँ से माया के पास लखनऊ। जिस दिन उसे जाना था, उसकी पिछली रात वह पूरे वक़्त रौशन की बाँह थामे बैठा रहा। रात के चुप अँधेरे में वह अपनी तस्बीह को बार-बार अपनी आँखों से लगाती फिर चूम लेती। देर तक ऐसा करने के बाद रौशन ने अमू से कहा—

"देखो अमू, ये ले तो जा रहे हैं पर पढ़ाई-लिखाई के अलावा तुम्हें किसी और काम में झोंकें तो फ़ौरन वापस चले आना घर। तुम्हारी माँ बेवक़ूफ़ लड़की थी जाने क्या चिट्ठी लिख भेजी कि ये लोग मेरे सर पर आ चढ़े हैं, कह रहे हैं कि राहिला उन्हें लिखकर गई थी और चाहती थी कि तुम इन लोगों के पास रहो। ये तुम्हारी माँ का घर था, तुम्हारा है, उन्हें ले जाने के लिए जाने क्यूँ बोलकर गई। वह ख़ुद यहीं से पढ़ी, एम.एस-सी.-एम.एड. किया, नौकरी की सो ऐसे ही तुम पढ़-लिख जाते। शाहपुरा वाले ही कौन कलेक्टर लगे हैं जो वहाँ सुरख़ाब के पंखे झले जाएँगे।"

उसकी बात पर अमू को हँसी आ गई, उसने रौशन के हाथ को सहलाया और कहा—

"लौट आऊँगा जल्दी ही। मुझे पता है तुम्हारे बिना मेरा मन नहीं लगेगा और ये लोग भी जल्दी बोर हो जाएँगे मुझसे, सो लम्बा नहीं चलने वाला ये केयर का दिखावा।"

"नहीं, अगर लिखना-पढ़ना ठीक रहे तो ऐसे आने-जाने की सोचना भी मत। उन लोगों पर पैसा है, साधन है तो तुम्हारा कैरियर बनना बहुत आसन होगा वहाँ, फिर जाने यहाँ किस दिन पैसे की क्या किल्लत आ जाए, क्या अड़चन पड़ जाए तुम्हारी पढ़ाई में...बेहतर है कि वहीं रहकर पढ़ो, फिर बच्चे घरों से बाहर जाते ही हैं पढ़ने।"

"अभी तो तुम थोड़ी देर पहले ये कह रही थीं कि शाहपुरा वाले ही कौन कलेक्टर लगे हैं?"

"तब मैंने ध्यान से सोचा नहीं था कि वहाँ तुमको आसानी रहेगी पढ़ाई में।"

"अच्छा, बात मत पलटो अब।" वह रौशन से बोला।

"अमू, मैं सोच रही हूँ कि लिखा-पढ़ी करके रख लूँ।"

"किस चीज़ की।"

"बिन्नी के वक़्त उज़्मा ने जो पैसे का अरेंजमेंट किया था, उसे एक तरह का एडवांस पेमेंट ही समझो आगे वाले हिस्से के लिए। अब बाक़ी चीज़ें पूरी कर लिखा-पढ़ी तो करनी होगी ना।" रौशन ने तस्बीह को सिरहाने रखते हुए कहा।

नोनी के इसरार पर ये तय हुआ कि लखनऊ जाने से पहले अमू कुछ दिन उन सबके साथ शाहपुरा में बिताएगा। उन लोगों के साथ रहेगा

तो सबको बहुत अच्छा लगेगा ख़ासकर बीबी को जो इतने सालों तक राहिला से मिलने का इन्तज़ार करती रहीं, अब उसके बेटे से मिलेंगी तो कितनी ख़ुश होंगी।

कहने को तो शाहपुरा एक क़स्बा था पर उसे वह गाँव जैसा ही लगा। यहाँ उसका मन ही नहीं लग रहा था पर उसे इस बात की तसल्ली थी कि वह यहाँ बहुत दिन नहीं रहने वाला, जल्दी ही लखनऊ चला जाएगा। फिर भी करते-करते उसने वहाँ दो महीने गुज़ार ही दिये। अमू को सब लोग हाथों-हाथ रख रहे थे, बीबी उस पर जान उड़ेले दे रही थीं कि वह उनकी छाया का नवासा है। वो बार-बार उसे अपने पास बिठातीं, उसका चेहरा अपनी कमज़ोर आँखों से देखतीं, काँपते हाथों से उसे छू-छू कर टटोलतीं। जितने दिन अमू वहाँ रहा सारा घर उसकी ख़ातिर-तवज्जो में लगा रहा फिर भी उसे रह-रह कर आगरा की, रौशन की याद आ रही थी। रौशन उससे जितनी बार बात करती उतनी ही बार पूछती कि उसके लखनऊ जाने का क्या हुआ? एडमिशन का क्या हुआ? वह इस बात का रौशन को क्या जवाब दे, ये उसे अभी ख़ुद ही नहीं पता था। अब यहाँ रहते-रहते उसे कोफ़्त होने लगी थी, उसका मन करता कि अपना सामान उठा वापस आगरा चला जाए जो भी पढ़ना-पढ़ाना होगा वहीं देखा जाएगा। जिस दिन नोनी के लिए माया का फ़ोन आया उस दिन उसे राहत मिली कि अब आख़िरकार वह यहाँ से जा सकेगा।

"भई नोनी, कैसे हो? घर पर सब कैसे हैं? अमू कैसा है? तुम्हारे

जीजा कह रहे हैं कि उसे वहाँ आए दो महीने से ज़्यादा वक़्त हुआ। अब उसे यहाँ छोड़ जाओ, उसका वक़्त बिगाड़ने की ज़रूरत भी क्या है जब इसी सेशन में थोड़ा लेट दाख़िला मिल सकता है उसे। तुम्हारे जीजा के एक दोस्त के जानने वाले का एक इंजीनियरिंग कॉलेज है यहाँ। सब बात कर रखी है एडमिशन की, दाख़िला हो जाएगा और फ़ीस में रियायत भी मिल जाएगी। अब रिटायर होने और बच्चों के लखनऊ से जाने के बाद हम भी अकेले हो गए हैं तो हमें भी सहारा मिलेगा उसके आने से।"

लखनऊ आने के बाद अमू को पढ़ाई-लिखाई की बन्दिशों में कुछ और सोचने की फ़ुर्सत ही नहीं मिली। पहले तो छूटे सेमेस्टर को पूरा करने में, नये शहर की भाग-दौड़ में, माया के परिवेश से ताल-मेल बिठाने में ही वक़्त निकल जाता था। चीज़ें उससे कुछ आगे चल रही थीं और वह उन्हें तेज़ क़दम रख बराबर लाने की कोशिश में था। इस सबका तवाज़ुन साधने में राहिला और उसकी याद उसके सामने से हटकर कहीं किसी पर्दे के पीछे चली गई थी। जब से वह लखनऊ आया तब से बस एक ही बार आगरा जा पाया था। सेमेस्टर ब्रेक में भी वह कभी किसी कोर्स में, किसी ट्रेनिंग में या कहीं ट्यूशन पढ़ाने जैसे कामों में ख़ुद को व्यस्त कर लेता था। शुरू में वह रौशन को रोज़ बे-नागा फ़ोन किया करता था पर बाद में ये सिलसिला बदलते-बदलते हफ़्तों तक जा पहुँचा। जिस साल फ़ाइनल ईयर करके बाईस बरस की उम्र में उसने अपनी नौकरी जॉइन की, उसी साल छिहत्तर बरस की उम्र में रौशन की मिट्टी 'सहन रौशन

आरा' से उठ दूसरे जहान की इमारत में जा लगी। कोई साढ़े तीन- चार साल बाद वह आगरा लौटा था। इस बार कफ़न-दफ़न का सारा इन्तज़ाम उसके ऊपर था। राहिला के वक़्त ये सब काम रौशन ने किये थे। वह रौशन को सुपुर्द-ए-ख़ाक कर 'सहन रौशन आरा' के दरवाज़े पर ताला डाल अगले ही दिन लखनऊ वापस लौट गया।

"ना-अम्मी 'सहन' का पीछे वाला हिस्सा मेरे नाम छोड़ गई हैं।" उसने माया से कहा।

"और आगे वाला?" माया ने पूछा।

"उनकी कोई बहन हैं उनके नाम। मम्मी के इलाज के टाइम ना-अम्मी ने इनसे पैसे का अरेंजमेंट किया था, मैं जानता नहीं उन्हें। अभी तक तो वे लोग शिफ़्ट भी नहीं हुए हैं घर में।" वह जाने क्यों माया से इस बात को छुपा गया कि वह उज़्मा को जानता है।

"सोचता हूँ कि इस हिस्से को बेचकर नोनी मामा का पैसा लौटा दिया जाए जो उन्होंने मम्मी के इलाज के वक़्त दिया था; और आपका भी।" कुछ देर चुप रहकर वह बोला।

"क्या नोनी ने कभी पैसा माँगा? कभी ज़िक्र किया ऐसी किसी बात का तुमसे?"

"नहीं, कभी भी नहीं।" उसने कहा।

"तो फिर शान्त रहो। प्रॉपर्टी है, पड़ी रहने दो कभी फ्यूचर में गाढ़े वक़्त काम आएगी तुम्हारे। तुम्हारी माँ हमारी सगी भांजी थी और तुम उसके बेटे हो तो हमने जो भी किया वह कोई फ़ेवर नहीं था तुम पर।

उसके लिए ज़्यादा करना चाहिए था नहीं कर पाए, तब परिस्थिति ऐसी थी, अब बेहतर है तो तुम्हारे लिए कर पा रहे हैं। और तुम इतनी बड़ी-बड़ी बातें न किया करो। बच्चे हो वैसे ही रहो, अब जाकर सो जाओ थक गए होगे।" माया ने कहा।

माया की बात सुन वह उठा और सोने के लिए चला गया।

मन हमारे-तुम्हारे

अमू जब 'सहन' को बेचकर वापस जा रहा था तो उसे कितना कुछ बीता हुआ, रह-रह कर याद आने लगा था। यूँ भी याद रखने के लिए कितनी ही चीज़ें, कितनी ही बातें हम सबके जीवन में जुड़ती चली जाती हैं। जीवन भर हम सब चीज़ों में चीज़ें जोड़ते जाते हैं...लिस्ट पर लिस्ट बनाकर दीवारों पर चिपकाते जाते हैं, और दीवारों के साथ-साथ हम इन्हें अपने सीने पर भी चस्पाँ कर लेते हैं...इन सब लिस्ट-विस्ट के बाद भी हमारा धड़कता हुआ दिल जानता है कि हर हाल में न भूलने वाली बस एक ही चीज़ है हमारे पास...बस एक ही चीज़—हमारा बचपन।

बचपन कितना बेलौस, कितना आज़ाद, कितना चमकता हुआ होता है। साँस-साँस धड़कता हुआ बचपन, हमें बार-बार आवाज़ देकर बुलाता है जैसे बारिश को छोटे-छोटे पौधे बुलाते हैं कि आओ हमको इन बादलों के साथ ऐसी जगह लेकर चलो जहाँ से हम ख़ुद अपने आप को पलटकर देखें और हैरत से भर जाएँ। पर अमू सोचता था कि कई बार पलटकर देखने पर हमें हैरत कम और अफ़सोस ज़्यादा होता है।

राहिला के कमरे की ख़ामोश दीवार पर एक तस्वीर टँगी थी। उसने आगे बढ़कर तस्वीर को उतार लिया। जेब से रूमाल निकाल, फ्रेम का काँच पोंछ वह उन चेहरों की चमक छूने की कोशिश करने लगा। ये एक उजले दिन की ख़ुशनुमा तस्वीर थी; ये राहिला के गुज़रने से बहुत पहले की तस्वीर थी। ये उसके स्कूल के एनुअल फ़ंक्शन की तस्वीर थी जिसमें सबसे आगे रौशन है, उसके पीछे राहिला और वह उन दोनों के पीछे खड़ा है।

वह गर्दन मोड़कर देखता है, और पीछे अपने ठिठके हुए, अपनी ही ओर तकते हुए बचपन को पाता है, अब जिसे देख न तो उसे हैरत ही होती है और न ही अफ़सोस। वह सोचता है कि इस तस्वीर में तो उसके पीछे कोई नहीं था इसलिए उसकी नज़र में देखने के लिए सिवाय अपने किसी और का बचपन है ही नहीं पर उसके आगे राहिला खड़ी थी तो क्या उसे पीछे घूमकर देखने पर अमू के साथ-साथ अपना बचपन दिखता होगा। और रौशन जो उन दोनों के आगे खड़ी थी, उन दोनों के अँधेरों के सामने मशाल जलाए हुए थी, क्या उसे मुड़ने पर अपने सामने तीन-तीन हैरत से तकते, तमतमाते हुए बचपन दीखते होंगे। अमू ने सोचा कि हम जैसे-जैसे बड़े होते जाते हैं, वैसे-वैसे हमारे बचपन की याद में न जाने और भी कितने ही बचपन आकर जुड़ जाते हैं। उसे अपने बचपन को लेकर कभी कोई शिकायत, कोई उलझन नहीं थी। फिर भी कुछ था जो उसके अन्दर टीसता रहता है। कोई उसके कानों में आकर बार-बार कहता—

“अब बस करो...थोड़ा आगे बढ़कर देखो, धूप हर ओर बिखरी हुई है। कब तक अतीत और आज के बीच झुरमुटे में रुके रहोगे। इतनी देर तक साँझ में खड़े रहोगे तो आँखों को उजाले की आदत छूट जाएगी।”

तस्वीर को देख अमू उस पल रौशन से अपनी जगह बदलना चाह रहा था कि काश वह किसी तरह उनके आगे आ खड़ा हो और पलटकर देख सके कि पानी की वह कौन-सी लहर थी जिसने उन्हें भिगोकर किनारे से अन्दर खींच लिया। लहर समन्दर से बाहर निकलकर किसे खींच पाती है, डूबने वाले ख़ुद ही तो किनारे से आगे बढ़कर अन्दर समा जाते हैं। अमू ने कुर्सी में धँसते हुए सोचा कि याद का कोई सिरा पकड़कर आगे बढ़ो तो पता चलता है, वह सिरा तो कब का पीछे छूटा और जाने कब उसकी जगह आकर किसी और याद ने बाँह को पकड़ लिया। उसे किसी की याद आई और आकर पीछे खींच ले गई—

अमू की आँखों से लगातार आँसू गिर रहे थे, रौशन को देखते ही उसके रोने में तेज़ी आ गई, उसे समझ ही नहीं आया था कि राहिला ने उसे चाँटा क्यों मारा था।

"क्या हुआ, तुमने क्यूँ मारा इसे?" रौशन ने राहिला से पूछा।

"तुमसे कितनी बार कहा है, इसे ज़्यादा टीवी मत देखने दिया करो। सारा दिन खेल या टीवी।"

"अरे! सातवीं में है, थोड़ा तो खेलेगा-कूदेगा ही। तुम आज ही कलेक्टर बना लो इसे।"

"बात कलेक्टर बनने की नहीं, डिसिप्लिन की है। 'राम तेरी गंगा मैली' देखी जा रही थी, बताओ कोई फ़िल्म है देखने लायक़।" वह बोली।

"अच्छा, तुम अन्दर जाओ बिन्नी।" रौशन ने उससे इतना ही कहा पर वह उसकी तिलमिलाहट का कारण समझती थी।

"हवा ठंडी थी, दिन गरम होने लगे थे। माहौल में होली का रंग उतर आया था। स्कूल से लौट अमू और राहिला जब 'सहन' में घुसे तो देखते हैं कि किनारे वाले कमरे के साथ लगा अनार का छोटा पेड़ कटा हुआ ज़मीन पर पड़ा था और दो-तीन मज़दूर बेलचे, फावड़े लेकर दीवार तोड़ रहे थे। रौशन उनके पास खड़ी होकर उन्हें काम समझा रही थी।

"ये क्या हो रहा है रो-अम्मी?"

"तुमसे कहा तो था कि सोच रहे हैं इस कमरे को थोड़ा बढ़वा लें, अमू नौवीं में है अब पढ़ने-पढ़ाने के लिए उसे ये कमरा छोटा पड़ता होगा। थोड़ा बढ़ जाए तो क्या कहते हैं, उसके सोने के कमरे के साथ-साथ स्टडी भी हो जाएगी।"

"तुमने ख़ूब सर चढ़ा रखा है इसे...ये ऊटपटाँग माँगें करता है और तुम मान लेती हो...अगर नम्बर कम आए न इसके, तब देखना इसका और इसकी स्टडी का क्या हाल होगा।" हँसकर कहती हुई राहिला अन्दर चली गई।

उसने उठकर तस्वीर अटैची में रख दी। राहिला की एक-दो चीज़ें लखनऊ भेजने के अलावा उसने बाक़ी सब सामान मकान ख़रीदने वाले के पास ही छोड़ दिया था कि वह जो करना चाहे करता रहे।

आगरा से लौटकर वह सीधा अपूर्वा से मिलने गया। मिलने के बाद जब वह घर लौटा तो उसका मूड ख़राब था। उसे लगा कि इतने दिनों

बाद मिलने पर भी उनके बीच गर्मजोशी की कमी रही, न ही वह उससे पहले की तरह मिली, न ही उसे देर तक साथ रुकने के लिए कहा। अब तक वह उसे अपने साथ बैंगलोर चल, अपने घर वालों से मिलने के लिए भी कहती रही थी पर इस बार उसने ऐसा कोई इसरार नहीं किया।

वह दरवाज़ा खोलकर घर के अन्दर घुसा तो नींद में डूबे घर ने उसे एक सेकंड के लिए देखा और फिर बन्द होते दरवाज़े के साथ अपनी आँखें फेर दुबारा नींद में डूब गया कि अब वह जागता रहे या सो जाए उसकी बला से। अमू जानता था कि जब कोई किसी घर में रहने लगता है तो लोगों की बात ही क्या, वहाँ की ख़ामोशी तक से उसकी जान- पहचान हो जाती है। उसने कलाई से घड़ी उतारते हुए वक़्त देखा, रात का डेढ़ बज रहा था। उसने अपनी कपड़े की अलमारी खोली उसमें रखा एक प्लास्टिक का फ़ोल्डर उठाया, उसे खोलकर एक फ़ाइल निकाली और जाकर सोफ़े पर बैठ गया। ये केमिस्ट्री की एक पुरानी प्रैक्टिकल फ़ाइल थी जिसके पन्ने एक तरफ़ से कोरे और दूसरी तरफ़ से लकीरों वाले थे। उसने धीरे-धीरे पन्ने पलटना शुरू किये, कोई दो-चार पन्नों के बाद उसे राहिला की लिखाई नज़र आई—

प्यारे अमू,

मेरे बहुत प्यारे अमू, बहुत-बहुत ही प्यारे अमू...

अमू मेरा मन करता है कि तुमसे बार-बार कहूँ कि मुझे सच में तुमसे ज़्यादा कभी कोई प्यारा रहा ही नहीं। मुझे पता है कि तुम इस बात को झूठ से कुछ ज़्यादा और

सच से ज़रा कम मानोगे पर ऐसा है नहीं। मेरे लिए सच में तुमसे बढ़कर कभी कोई इम्पॉर्टेंट नहीं रहा, प्यारा नहीं रहा। अब जब मैं अँधेरे के जंगल में बीचोबीच आकर तुमको ये सब लिख रही हूँ तो तुमको लगेगा कि अपनी बीमारी में मुझे तुमसे मॉरल सपोर्ट की ज़रूरत है तो ये सब कवायद इसी के लिए है, ऐसी बात नहीं है। हॉस्पिटल से लौटकर पिछले दिनों मैंने कई बार झाँककर तुम्हारे अन्दर देखने की कोशिश करनी चाही कि अपने उस छोटे बच्चे को देख लूँ जिसने बस आज तक मुझसे एक ही बार ज़िद की थी कि "मैं उसी स्कूल में जाऊँगा जहाँ बच्चे कोट पहनकर जाते हैं।" मैं अब आज सोचती हूँ तो लगता है कि तुम तब भी कितने बड़े थे जो अपने मन में इस बात को छुपा ले गए कि वहाँ बच्चे तुम्हें चिढ़ाते थे कि तुम जानते ही नहीं, तुम्हारे पापा कहाँ हैं? मैं सोचती रहती हूँ कि तुम्हें बार-बार ज़िद करनी थी, मुझसे रूठना चाहिए था, मचलना चाहिए था पर तुमको बड़े होने की बहुत जल्दी रही...तुम बहुत जल्दी शान्त बच्चे में बदल गए। इन्ट्रोवर्ट हो गए, कहीं कोई सवाल नहीं, बस सब कुछ अपने मन में रखने लगे। मुझे पता है कि तुम्हारी इस तब्दीली में मेरा भी हाथ रहा है। कहने के लिए और सुनने के लिए अच्छे घरों में, जहाँ लोगों के बीच हिचकिचाहट नहीं होती वहाँ बहुत बातें होती हैं चाहे शिकायत ही हो पर लोग उन्हें कह लेते हैं, सुन लेते हैं। अपने यहाँ इतनी आसानी कभी रही नहीं कि तुम मुझसे कुछ कह पाते; 'इट वाज़ ए रॉन्ग नोशन'

जिसका मुझे हमेशा से पता था पर इसकी एक्सेप्टेंस को लेकर मेरी ख़ुद से अजीब सी ज़िरह रही। पर इसे अब स्वीकारा जा सकता है कि मैंने शायद...जानबूझकर चीज़ें आसान नहीं बनाईं। ख़ैर, मरते हुए आदमी को ये आसानी तो होती ही है की वह कुछ भी कन्फ़ेस कर ले पर तुम यहाँ इस 'शायद' को स्ट्रैस देकर पढ़ना और इसके ऊपर कही बात का किसी तरह से कन्फ़र्मेशन न समझना। मैं सब जानकर भी ये ही चाहती हूँ कि इसे पढ़ते हुए तुम मुझे बेनिफ़िट ऑफ़ डाउट दो और ये मानो कि तुम्हें लेकर मेरी तरफ़ से जो नेगलीजिएंस था वह सिचुएशन ड्रिवन था, मनचाहा नहीं।

मैं जानती हूँ कि मुझे तुमको जितना टाइम देना चाहिए था मैंने उतना दिया नहीं। ऐसा नहीं है कि उन दिनों मेरे पास टाइम की कुछ कमी हो, पर मैं तुमको वक़्त देना टालती रही, कतराती रही। शुरू-शुरू में सबको ये दिखाने के चक्कर में रही कि मेरे पास सिवाय नये सिरे से शुरुआत करने और तुमको एक प्रॉपर लाइफ़ देने के लिए बेतहाशा मेहनत करने के अलावा और कोई दूसरा रास्ता है ही नहीं, और इसी की आड़ लेकर मैंने तुम्हें नेगलेक्ट किया, जानबूझकर किया। असल में एक डर था कि "अमू की मम्मी बहुत डिसिप्लेंड हैं, अमू डरता है उनसे" ये वाला जो पर्दा था कहीं वह सरक नहीं जाए। डरती थी कि तुम रो-अम्मी से जितना खुले हो, मेरे साथ उतने कम्फ़र्टेबल हो गए तो फिर उन बातों को, उन सवालों को पूछना शुरू कर दोगे

जिनके जवाब उस वक़्त मेरे पास नहीं थे या मैं उन्हें तुमको बताने से कतराती थी। ऐसा नहीं है कि मैं ये नहीं चाहती थी कि तुम मुझसे कभी कोई सवाल ही न करो, कन्फ्रंट न करो पर मैं जब तक हो सकता था बचना चाहती थी, फिर सही पूछो अमू तो कौन चाहेगा कि कोई उसे सामने से आकर कन्फ्रंट करे! तुमने कुछ पूछा नहीं और मैं भी मन ही मन ख़ुश थी कि थैंक गॉड! बच गए। हालाँकि ऐसा सोचना एक तरह की कमज़र्फ़ी ही थी। मैं आज इस अकेलेपन में अपने को लेकर क्रिटिकल हो सकती हूँ पर तब तो हमेशा ही सोचती थी कि चलो बढ़िया है, सुकून है कि लड़का ज़्यादा माथापच्ची नहीं करता मेरे साथ। मैं अब कह सकती हूँ कि आई वाज़ अ मीन मदर पर माँ का रिप्लेसमेंट नहीं होता न भई सो तुम न तब कुछ कर सकते थे, न अब कुछ कर सकते हो सिवाय इसके कि अपने मन में मेरे लिए थोड़ी जगह बनाए रखो।

राहिला को गए छह बरस हुए और वह अब से पहले कभी उसके लिखे को पढ़ने की हिम्मत ही नहीं कर सका था। इन छह सालों में वह आज दूसरी बार उसे याद करके रो रहा था, उसकी आँखों से आँसू टप-टप गिर रहे थे और जो एक लहर सालों पहले मन में कहीं किसी चट्टान के पीछे फँसी रह गई थी, आज उसके निकलने का रास्ता खुल गया था। उसने आँखें पोंछीं, पन्ना पलटा और आगे पढ़ना शुरू किया—

अमू,

मेरे पास तुमसे करने के लिए कितनी-कितनी ही बातें हैं पर अभी तुम्हें इन तीन-पाँच में उलझाकर तुम्हारा टाइम वेस्ट नहीं करना चाहती कि तुमसे एक दिन बात हो और फिर तुम उस बात को सोचने-समझने के लिए पढ़ाई छोड़ चार दिन बिगाड़ो तो जो भी मेरे मन में आ रहा है उसे उलटा-सीधा लिख दे रही हूँ इस डर से कि कहीं कल को बात करने लायक़ मौक़ा ही नहीं बन पाया तो...पिछले कई सालों में जब से मैंने जॉब शुरू किया सिवाय स्कूल की चीज़ों के अलावा अपनी किसी भी पर्सनल चीज़ पर कभी तारीख़ नहीं डाली, तारीख़ें मारक होती हैं अमू। डेट्स आर शार्प-शूटर्स। हम लिखा-पढ़ा भूल जाते हैं, लिखाई का मजमून भूल जाते हैं पर तारीख़ें याद रह जाती हैं और ये याद रह गईं तारीख़ें हमें बार-बार पकड़कर पीछे खींच, भूला हुआ याद करने के लिए उकसाती रहती हैं। मैं बिलकुल नहीं चाहती कि कल को तुम इन काग़ज़ों पर पड़ी तारीख़ों के सहारे बार-बार पीछे लौटो।

अमू,

शुरू में मुझे अपने पिता पर ग़ुस्सा रहा कि मुझे यहाँ फेंक गए, बेचना नहीं कहूँगी क्योंकि पैसे का कोई लेन-देन तो था ही नहीं सो सोफ़ेसटिकेटेड वड्‌र्स में ये ही मानो कि उन्होंने मुझे यहाँ छोड़ दिया। अब उनके बारे में सोचूँ तो कुछ फ़ील ही नहीं होता...रो-अम्मी तो कहती ही हैं

कि एक वक़्त के बाद चीज़ों से हाथ छुड़ाना पड़ता है, उन्हें कब तक पकड़ के रखा जा सकता है। अमू तुम भी कभी पास्ट को पकड़े मत रहना। फिर अमू जीवन यूँ भी जली हुई छायाओं की धूप है, जिसमें अक्सर धूप उतरने के बाद हम ज़िन्दगी की लम्बी नीली दीवार पर गड्डमड्ड हुई परछाइयों के टुकड़े ही बटोरते रहते हैं। मैं चाहती हूँ कि तुम्हारे हिस्से ऐसी परछाइयाँ, ऐसे टुकड़े कम से कम आएँ। तुम्हारे छुटपन में रो-अम्मी को लगता था कि तुम अकेले बच्चे नहीं होते, कोई और सिबलिंग होता तो तुम्हारी पर्सनैलिटी कुछ डिफ़रेंट होती। पर एक तरह से ये अच्छा ही है कि तुम्हारे कोई भाई-बहन नहीं। यूँ भी एक सर्टेन एज के बाद आपस में मनमुटाव बढ़ता ही है। कॉन्सेप्ट ऑफ़ हेविंग सिबलिंग्स इज़ अ ट्रैप। मन हमारे एक उमर पर आने के बाद अपने सम्बन्धों को लेकर ऑटो सजेशन देना शुरू कर देते हैं पर उस उमर के आने से पहले तो सबका साथ सुखद ही होता है। तुम कोशिश करना कि तुम्हारा मन सिर्फ़ मुझे लेकर ही रूठा रहे, रो-अम्मी से कोई नाराज़गी न रखना। जैसे बरसातों में खिड़की खुली रख पूरब की हवा का इन्तज़ार किया जाता है, वैसे ही अपने दिल में प्यार के लिए गुंजाइश रखना। और ये भी याद रखना कि सीने के सुर्ख बाग़ में दिल बनकर कोई सिर्फ़ सायरा बानो के गीत में ही आता है हमारे-तुम्हारे नहीं, तुम अपने दिल को दिल ही रखना। जो करना देख-परख के विट, ह्यूमर और सेंस के साथ करना, हमारी तरह नहीं

कि बन्द आँख हुए धड़ाम।

अमू,

अब लगता है कि जीवन जैसा रहा अच्छा रहा। वरना ऐसे सोशल स्टिग्मा वाली सोसाइटी में मेरा-तुम्हारा रहना इतना आसान होता कहीं, और डेस्टिनी यूँ भी जहाँ ले जाना चाहती है ले जाने का रास्ता बना लेती है। तुम्हारे बर्थ के बाद मुझे ये बात बहुत गहरे से समझ में आई... सोचो, मेरी फ़ैमिली जो मुझे यहाँ फेंक गई थी, क्या वहाँ रहकर मेरी मर्ज़ी की शादी और उससे भी बढ़कर उस शादी से निकल, बच्चे के संग मुझे लौटकर आया देख हमें एक्सेप्ट कर लेती? हमारे एक्सेप्टेंस के लिए एक ही जगह थी बस—'सहन'। तुम ये मत सोचना कि ऐसा कहकर मुझे तुमसे कोई सिम्पैथी गेन करनी है, क्योंकि सच तो यही है कि हमारे लिए जीना जितना भी आसान हुआ; वह 'सहन' में रहने की वजह से हुआ। शाहपुरा वाले भी जो मेल-मिलाप की कोशिश कर पाए वह भी इसी वजह से कि रो-अम्मी का घर उनके लिए ज़्यादा एक्सेसबल था और ट्रेडिशनल तौर पर कभी उस तरह की जगह नहीं रहा।

अमू ने उठकर पानी पिया और आगे पढ़ना शुरू किया—

अमू,

मुझे पता है तुमको हमेशा मुझसे एक नाराज़गी रही जिसे तुमने कभी ज़ाहिर नहीं किया। मैं अगर कोशिश करती तो शायद उस नाराज़गी को कुछ कम कर सकती थी, पर ऐसा हो नहीं पाया। मैं और तुम एक ही पानी के जहाज़ हैं, फ़र्क़ इतना है कि मैं बन्दरगाह से पहले निकल पानी में उतरी, तुम कुछ बाद में आए...हर आगे चलने वाला जहाज़ अपने पीछे आने वाले जहाज़ों, नावों के लिए पानी की लकीर छोड़कर आता है, जिस पर चलते हुए वह अपनी राह बनाएँ पर मुझे ऐसा करने से बचना चाहिए था। मन को बाँध के रखने का जो मेरा तरीक़ा था उसे तुममें ट्रान्सफ़र करने से बचना चाहिए था मुझे...तुम्हारे लिए इतना स्पेस रखना ही चाहिए था कि तुम अपना मन खोल सकते, उसमें हवा का, रौशनी का आना-जाना और आसान कर सकते। मुझे अपने इमोशनल टर्माइॅल से तुम्हारे मन को बचाए रखना था। पर जो भूल हो चुकी है उसको बदलना भले ही मुश्किल हो पर सुधार तो किया जा सकता है। मेरे मन में बस इतनी ही चाह है कि तुम अपने मन में अब कोई नाराज़गी मत रखना...दोनों के ही लिए... मेरे लिए भी और उसके लिए भी...ही वाज़ अ वंडरफुल बॉय। फिर हो सकता है कि चीज़ें डिफ़रेंट होतीं तो शायद वह एक वंडरफ़ुल फ़ादर भी होता।

साढ़े उन्नीस की उम्र के सपने सबसे अलग-थलग होते हैं। कोई मिलता है, आपको हवाओं में उड़ा ले जाता

है और आप इस उड़ान पर इठलाते रहते हैं। हमारे सपने भी अलग थे, तितलियों के रंगीन नाज़ुक परों जैसे सपने जिनके रंग हमारे हर ओर बिखरे हुए थे पर हर कोई ऐसे हल्के, चिकने परों पर अपने घरों की नींव नहीं डाल पाता है। कुछ लोग ये करिश्मा कर गुज़रते हैं, कुछ नहीं कर पाते हैं...हम नहीं कर पाए। एक चौबीस साल का भटकता स्पिरिचुअल टूरिस्ट था, वह जब मिला तो बहुत पैशनेट लगा। लम्बा-चौड़ा, नीली आँखों वाला जिसके प्यार में और कुछ सूझता ही नहीं था...फिर एक दिन उसने तय किया कि उसे वापस जाना है अपनी यात्रा पर, खोज पर और उसके रास्ते के बीच में एक रस्मन शादी खड़ी थी। उसने कभी नहीं कहा कि उसे तुम्हारे साथ नहीं रहना, बस उसे मेरे साथ नहीं रहना था। मैं ये मानकर चलती हूँ कि मेरे और तुम्हारे बीच में से किसी एक को चुनना होता तो वह तुम्हें चुनता क्योंकि तुम्हें छोड़ देने की बात उसने कभी कही ही नहीं और जो बात कही ही नहीं उसके छुपे अर्थ क्या ढूँढ़ने! पर तब तुम सामने थे ही नहीं...उसके सामने मैं थी जिसके साथ अब निबाह की गुंजाइश कम थी। उसको मैं सेल्फ़-सेंटर्ड लगती थी और ऐसे किसी के साथ वह रहना नहीं चाहता था तो हम अपने-अपने रास्ते चल दिये। सच बताओ अमू, क्या तुमको भी मैं सेल्फ़-सेंटर्ड लगती हूँ? तुम इस बात पर ख़ैर झूठ बोल भी नहीं पाओगे क्योंकि अब तक तो तुमको भी ऐसा ही लगता है।

अमू,

वैसे तो ये शर्म की बात है कि मैं तुम्हें ये बताऊँ कि जिन दिनों तुम होने वाले थे, बार-बार मैंने सोचा कि तुमको अबॉर्ट कर दूँ कि ये क्या झमेला पड़ गया मेरे गले में, कहाँ-कहाँ मारी फिरूँगी तुम्हें लेकर? किस जगह जाकर बसर होगी हमारी? पर जैसे-जैसे तुम भीतर बढ़ते गए वैसे-वैसे मुझे ठहराव मिलता गया और वो जगह दिखने लगी जहाँ हमें फ़ाइनली आना था। अमू, तुमको मुझसे भी बहुत ज़्यादा प्यार रो-अम्मी ने किया है, मैंने तो तुम्हें उनके ज़िम्मे सौंपकर ख़ुद को फ्री कर लिया था और तुम्हारी तरफ़ से अपना ध्यान हटा लिया था। मुझे इस बात की तुमसे कोई माफ़ी नहीं चाहिए पर इतना ज़रूर कहूँगी कि रो-अम्मी से बहुत-बहुत प्यार करना और उनका बार-बार एहसान मानना वरना मुझ जैसी माँ के साथ तुम्हारा बड़ा होना आसान न होता।

अमू,

बहुत सालों तक मेरे आसपास बाहर अँधेरा था...

बाहर जितना अँधेरा था उससे कहीं ज़्यादा, कहीं गहरा मेरे मन में था, इतना गहरा था कि कुछ नज़र ही नहीं आता था, कुछ सूझता ही नहीं था। जब इस दिल की ढलान से ये अँधेरा सरपट उतरता था तो डर के मारे मुझे सब दिखना बन्द हो जाता था। मैं इस अँधेरे में डरती थी कि तुमको कैसे देख पाऊँगी...फिर कोशिश करने पर

हम कई बार सुरंग के आख़िरी हिस्से पर आ तो सकते ही हैं जहाँ रौशनी का एक टुकड़ा इन्तज़ार में खड़ा हो और जो ये कहे कि अब बाहर अँधेरा छँट गया है, आँखें खोलो और देखो, दिल की सीढ़ियों पर रौशनी पड़ने दो, इस ढलान पर टूटकर उजाले को बिखरने दो...पर ऐसी कोशिश करने में मुझसे चूक हो गई। आई फ़ेल्ड टू ओपन माय हार्ट टू यू। मुझे ये कोशिश करनी चाहिए थी पर इस कोशिश के बदले मैंने अपने कमरे की खिड़की का पर्दा एक कोने से चार अंगुल खुला रखना शुरू कर दिया ताकि आते-जाते तुम पर नज़र बनाए रखूँ और ऐसा करके मैं उस बड़ी रेस्पांसिबिलिटी से ख़ुद को फ्री मान बैठी जो कि असल चीज़ थी...तुम्हारे मन को हमारे अँधेरों की तरफ़ बढ़ने से रोकना।

अमू,

जानते हो जीने की जो ज़िद होती है जिसे सर्वाइवल इंस्टिंक्ट कहते हैं, हममें वही होना सबसे ज़्यादा ज़रूरी है। इसके लिए फ़िट और अनफ़िट होना कोई मायने नहीं रखता। सर्वाइवल ऑफ़ फ़िटेस्ट एक मिथ है। जब, जहाँ, जिस जगह आपके मन में जीने की ललक जाग जाए, वहीं उसी जगह से आप जीवन जीने के लिए फ़िट हो जाते हैं, अँधेरों के उलट उजाले की तरफ़ बढ़ने लगते हैं। मैंने इस अँधेरे को कई बार महसूस किया और हर बार अपनी गर्दन घुमा उजाले की ओर देखा...पहली बार

तब किया जब शायद नाइंथ में थी...तब किसी सहेली को कहते सुना था कि "राहिला के घर नहीं जाएँगे, इसका घर तो पहले ब्रॉथल था," जब मैंने जाना कि इसका क्या मतलब होता है तब एक धक् सी रह गई जी में। हालाँकि इस अँधेरे से निकलने में मुझे कुछ वक़्त लगा पर तब मैंने जाना कि साथियों कि एम्पथी की कितनी क़ीमत है। यूँ तो वह कभी 'सहन' नहीं आईं पर स्कूल में मेरे साथ उनका एटीट्यूड बहुत अच्छा था, उन्होंने उस एक ज़िक्र के बाद कभी इस बात को नहीं उठाया। अपने लिए जिस एम्पथी की अक़्ल और समझ मुझमें थी, वही दूसरों को देने के मामले में मैंने कोई दिलचस्पी नहीं दिखाई ख़ासकर तुम्हें। सोचती रही तुम्हारे संग तो सब सही चल रहा है, अब तो समय बदल गया है, अब जीवन इतना हार्श नहीं रहा कि तुम्हें किसी की ज़रूरत होगी जो हाथ थाम बदलते समय से तुम्हें डील करना सिखाए। दूसरी बार जब इसे महसूस किया तब समझ आ चुका था कि अँधेरों से जल्दी निकलना ही बेहतर है; रो-अम्मी ने जब मुझे रंधावाओं के बारे में बताया, शाहपुरा वालों के बारे में बताया तब इस शॉक से निकलने में कुछ ही घंटे लगे होंगे मुझे, माया मौसी की चिट्ठियाँ पढ़ने में जितना टाइम लगा होगा बस उतना ही। रो-अम्मी जाने कमरे के बाहर बैठे क्या-क्या सोचती रही होंगी कि मुझ पर क्या बीत रही होगी पर मैं तो उन सब चिट्ठियों को पढ़कर सो गई थी और कमरे से बाहर आने के बाद रो-अम्मी से सबसे पहले खाना

माँगा था, पर इस सबके बीच इतनी ही देर में मुझे समझ आ गया था कि शाहपुरा जीने की अगली ज़रूरतों को पूरा करने वाली जगह है सो उनसे बनाकर रखनी है। मैंने जीवन में माया मौसी को कुल चार ही चिट्ठी लिखी पर उनमें कितना फेक साउंड करना पड़ता था मुझे मत पूछो! आर्टिफ़िशियल पंजाबी टोन की चिट्ठियाँ लिखनी पड़ती थीं क्योंकि वे लोग ऐसे ही ख़ुश होते, मौसी को मासी लिखो, और तो और मैं उन चिट्ठियों में अपनी माँ का दिया नाम तलजीत भी उन्हीं लोगों को ख़ुश करने के लिए लिखती थी कि इमोशनल कनेक्ट दिख सके और ये सब दिखाने के लिए मुझे कितना आर्टिफ़िशियली एक्ट करना पड़ा है, वो मुझे ही पता है। पहले अपने लिए ये सब किया था अब तुम्हारे आगे के रास्ते बनाए रखने के लिए उन्हें इस तरह से परस्यू कर रही हूँ। अच्छे-बुरे से परे, ये जीवन जीने की एक ज़रूरी टेक्निक है कि कभी-कभी किसी के सामने वल्नरेबल लगो ताकि आगे की दुश्वारियाँ कम हो सकें। तीसरी बार इस अँधेरे को तब देखा था जब तुमको लेकर 'सहन' वापस आना था, तब गर्दन घुमाकर देखने पर एक ही रौशनी नज़र आई थी 'रौशन-आरा बी', तब भी कुछ ही दिनों में मैंने इस अँधेरे को ख़ुद से अलग कर दिया था और रो-अम्मी के पास चली आई थी क्योंकि मुझे पता था कि यही एक जगह है जहाँ बिना कंडीशन मेरे और तुम्हारे लिए दरवाज़े खुले रहेंगे और उजाला बना रहेगा। अब आई एम विद इनर पीस तो अब ये अँधेरे उतना

भरमाते नहीं हैं...तुम भी कोशिश करना कि कभी अँधेरे तुम्हें भरमा नहीं पाएँ।

अमू,

मैं हमेशा ऐसी जगह जाना चाहती थी जहाँ घने ऊँचे पेड़ों पर बारिश गिर के अन्दर धुंध पैदा करे, या कोई ऐसा समन्दर का किनारा जहाँ ताज़ी बरसात के बाद नमी की चादर सब कुछ अपने भीतर समेटे हो या फिर कोई ऐसी जगह जहाँ तेज़ हवा बर्फ़ के ठंडे फ़ाहे उड़ाकर चेहरे तक ला रही हो...मैं इस धुंध, नमी, और बर्फ़ के लिए सोचती थी कि ये मुझे अँधेरों से कुछ समय के लिए बाहर कर देंगे, आँखें इनके रंग में बाक़ी सब बिसरा देंगी। पहले सोचती थी कि ख़ुद जाऊँगी कभी, फिर सोचती रही कि तुम्हारे पापा के साथ जाया जाएगा और बाद में सोचा कि मैं और रो-अम्मी कभी तुम्हारे साथ जाएँगे। ये मेरे लिए तो अब मुमकिन नहीं पर तुम ज़रूर जाना ऐसी जगहों पर और कोशिश करना कि वहाँ जाकर जितनी उदासी पीछे छोड़ सको, छोड़ आओ। मुझे पता नहीं कि तुम कल को जब ये सब पढ़ोगे तो कैसा महसूस करोगे; हो सकता है कि पढ़कर हँसो, सोचो कि क्या अंट-शंट लिख मारा है, या ये सब पढ़कर कुछ लगे ही न तुम्हें, तब तक सब पुराना हो जाए, भूलने लायक़ बातें लगें सब। या तुम इससे गुज़रते हुए उदास ही हो जाओ...पर मैं चाहती नहीं कि तुम बाद में कोई उदासी महसूस करो। ख़ैर, जो भी रहे

> तुम कोशिश करना कि अपने अन्दर ख़ुद के जीने लायक़ चालाकी ला सको और दूसरे के लिए एम्पथी भी महसूस कर पाओ, तुम आज के बच्चे हो तो दोनों में बैलेंस साध लोगे...और कोशिश करना कि जहाँ जाने के लिए मेरा मन करता रहा उन जगहों पर होकर आओ...उन मौसमों का अनुभव करना, उनमें ख़ुद को आज़ाद छोड़ देना।

पढ़ते-पढ़ते उसका मन हुआ कि वह चीख़कर कहे, "मम्मी मैं ऐसी जगह हो आया हूँ जहाँ तेज़ हवा बर्फ़ के ठंडे फ़ाहे उड़ाकर चेहरे तक लाती थी और मैंने इस जगह अपने अन्दर की कुछ उदासी के साथ तुम्हारे उस सपने को भी आज़ाद कर दिया जो तुम्हें आकर उदास कर जाता था"...पर उसने ऐसा कुछ नहीं कहा....ख़ामोशी से एक साँस छोड़ी, पन्ना पलटा और आगे पढ़ने लगा।

> अमू,
>
> हमारे-तुम्हारे जो मन हैं ना, वे समय की सीलन से गीले हैं। तुम कोशिश करना कि इस नमी से ख़ुद को बचाए रखो, कभी तुमको लगे कि आँख के ज़रिये इस नमी से बाहर आ सकते हो तो रो लेना...कभी-कभार रोने में कोई हर्ज़ नहीं होता, आँख का तो काम ही ये है कि लबरेज़ भरे मन का सब पानी बाहर उड़ेल उसे देखने के लिए नई ज़मीन दे। आँख से देखने वालों का समय बीत जाता है और मन से देखने वालों का समय जीवन भर बाँह में बाँह डाले साथ खड़ा रहता है, तुम चीज़ें मन से

भी देखना। दो बातें ध्यान रखना अमू...एक तो पढ़ाई पर ख़ूब मेहनत करना क्योंकि अकेडमिकली जितने साउंड होगे जीवन उतना आसन होगा, दूसरी ये बात याद रखना कि 'ज़िन्दगी तेरी-मेरी कहानी' वाले दो रेफ़रेंसेस से बहुत आगे की चीज़ है और इसके लिए तुम्हें पीछे हो गए किरदारों को वहीं छोड़ आगे बढ़कर नये होराइज़न तलाशने होंगे... रौशनी के लिए दरवाज़े खुले रखने होंगे, नये किरदारों को कहानी में जगह देनी होगी।

पर्दे से छनकर आती धूप अमू के पैरों पर आकर रुक गई थी। उसने फ़ाइल को बन्द कर पलंग के सिरहाने रख दिया। वह उठा जूते पहने और टहलता हुआ नदी की तरफ़ चला गया...जेब से फ़ोन निकाल अपूर्वा को कॉल मिलाया—

"हेलो! अपूर्वा...अच्छा सुनो...बैंगलोर चलते हैं, बताओ कब की टिकिट्स बुक करा लूँ..."

पत्थरों से टकराकर धूप, नदी की सतह पर टूटकर, दूर-दूर तक बिखरी हुई थी और अमू धूप की उँगली थामे फ़ोन करता हुआ किनारे पर टहल रहा था।

मैं इस जगह से...नदी के इस किनारे बहते पानी के पार उसे देखकर सुकून में हूँ कि एक गहरा पानी उसके मन से निकल नदी में आ मिला और ऐसा होने से उसके मन की ज़मीन पर अब घास का नया हरा कतरा लहलहाने की गुंजाइश है...यहाँ उसके पास रौशनी की एक लकीर टूटकर बिखरी हुई है जिसने उसे अतीत की चौखट से निकालकर चमचमाती धूप में लाकर खड़ा कर दिया है...इस

चौंध में उसकी आँखें ज़रा देर झपकेंगी फिर सामने सब साफ़ दिखने लगेगा उसे, एक ऐसा रास्ता जो पलटकर अतीत की चकफेरियाँ नहीं करेगा...ये उजाला उसे उसके कन्धों पर रखे सलीब को उतारने की राह बताएगा, उसके झुके हुए कन्धों को दुबारा तनना सिखाएगा और सबसे बढ़कर किसी के प्यार भरे हाथ की छुअन के लिए जगह बनाने में मदद करेगा...!

अब ये क्यों पूछा जा रहा है कि...मैं कौन हूँ? ये जानकर क्या होगा? किसी के कुछ भी होने भर से क्या अन्तर पड़ता है किसी कहानी में... चलने वाली चीज़ें चलती हैं...उड़ने वाली उड़ती हैं...कहानियाँ दोहराई जाती हैं...किरदार गढ़े जाते हैं...कहानियों को दोहराए जाने से रोका जाता है...किरदारों को गढ़कर तोड़ा जाता है फिर उसी मलबे से नया किरदार गढ़ा जाता है...यही समझिए कि किसी कहानी का कोई किरदार हूँ मैं...कोई और न सूझे तो मानिए कि इसी कहानी का कोई किरदार हूँ मैं...!